la courte échelle

Les éditions la courte échelle inc.

Sylvie Desrosiers

Sylvie Desrosiers aime autant émouvoir ses lecteurs que les faire rire. À la courte échelle, elle est l'auteure de la série Thomas, publiée dans la collection Premier Roman, et de trois romans pour les adolescents. C'est également elle qui a créé le chien Notdog, dont les aventures amusent les jeunes un peu partout dans le monde, car plusieurs sont traduites en chinois, en espagnol, en grec et en italien.

Le long silence, paru dans la collection Roman+, a permis à Sylvie Desrosiers de remporter en 1996 le Prix Brive/Montréal 12/17 pour adolescents, ainsi que la première place du Palmarès de la Livromanie et d'être finaliste au Prix du Gouverneur général. Pour son roman *Au revoir, Camille!,* elle a reçu en l'an 2000 le prix international remis par la Fondation Espace-Enfants, en Suisse, qui couronne «le livre que chaque enfant devrait pouvoir offrir à ses parents».

Sylvie Desrosiers écrit aussi des romans destinés aux adultes et des textes pour la télévision. Et, même lorsqu'elle travaille beaucoup, elle éteint toujours son ordinateur quand son fils rentre de l'école.

De la même auteure, à la courte échelle

Collection Premier Roman
Série Thomas:
Au revoir, Camille!
Le concert de Thomas

Collection Roman Jeunesse
Série Notdog:
La patte dans le sac
Qui a peur des fantômes?
Le mystère du lac Carré
Où sont passés les dinosaures?
Méfiez-vous des monstres marins
Mais qui va trouver le trésor?
Faut-il croire à la magie?
Les princes ne sont pas tous charmants
Qui veut entrer dans la légende?
La jeune fille venue du froid
Qui a déjà touché à un vrai tigre?
Peut-on dessiner un souvenir?
Les extraterrestres sont-ils des voleurs?
Quelqu'un a-t-il vu Notdog?

Collection Roman+
Le long silence

Série Paulette:
Quatre jours de liberté
Les cahiers d'Élisabeth

Les éditions de la courte échelle inc.
5243, boul. Saint-Laurent
Montréal (Québec) H2T 1S4

Conception graphique de la couverture:
Elastik

Conception graphique de l'intérieur:
Derome design inc.

Révision des textes:
Odette Lord

Dépôt légal, 4e trimestre 2001
Bibliothèque nationale du Québec

Copyright © 2001 Les éditions de la courte échelle inc.

La courte échelle bénéficie de l'aide du ministère du Patrimoine
canadien dans le cadre de son Programme d'aide au développement
de l'industrie de l'édition. La courte échelle est aussi inscrite au
programme de subvention globale du Conseil des Arts du Canada
et reçoit l'appui du gouvernement du Québec par l'intermédiaire
de la SODEC.

La courte échelle bénéficie également du Programme de crédit
d'impôt pour l'édition de livres — Gestion SODEC — du
Gouvernement du Québec.

Données de catalogage avant publication (Canada)

Desrosiers, Sylvie

   Quatre jours de liberté

   Éd. originale: 1989
   Publ. à l'origine dans la coll.: Roman +

   ISBN 2-89021-511-3

   I. Titre. II. Titre: Quatre jours de liberté.

PS8557.E874Q83 2001   jC843'.54   C2001-940618-5
PS9557.E874Q83 2001
PZ23.D47Qu 2001

Sylvie Desrosiers

Quatre jours de liberté

Chapitre 1

Où on se prépare au voyage

Je déteste les «buanderettes». Mais c'est ça ou laver les vêtements de ma mère, de son chum et de ma petite soeur, en fait ma demi-soeur. Si je précise, ce n'est pas que je ne l'aime pas, non, je l'adore même. C'est juste quand on dit «demi-soeur», souvent les gens pensent que c'est avec un petit accent méprisant, allez savoir pourquoi.

Donc, il me faudrait laver toute la pile de vêtements sales qui, à première vue, a l'air d'être le linge de mille personnes environ. Et je ne vois pas pourquoi ce serait moi qui aurais à faire douze heures de lavage. Alors, je me résigne à venir ici.

Remarquez que dans une «buanderette», ça prend huit jours avant que le cycle de lavage finisse et douze autres pour le séchage. Il y a aussi que, souvent, je manque de 25 cents. Je dois alors aller au dépanneur en chercher. Je déteste ce dépanneur-là. Le propriétaire me regarde comme un chien qui regarde un os. C'est extrêmement désagréable de se sentir rabaissée au niveau d'une sorte de collation.

Sauf qu'il faut que je le fasse, ce lavage-là: ça presse. Parce que demain, dimanche, je pars. Oui, je laisse la famille se surveiller toute seule et manger sa soupe poulet et nouilles, quoique je ne la surveille pas beaucoup moi-même et ma mère pas tellement non plus.

Ma mère travaille beaucoup, dans le showbiz. Pas comme artiste, même si je sais qu'elle aurait aimé chanter, mais ça n'a pas marché; c'est comme agente de promotion qu'elle travaille.

Ne m'en demandez pas plus, je ne m'intéresse pas trop trop à son métier, seulement aux vedettes qu'elle promut? promet? promeut?, je ne me rappelle jamais comment conjuguer le verbe promouvoir.

Enfin, tout ça pour dire qu'elle s'occupe surtout de ma demi-soeur que j'adore comme j'ai déjà mentionné.

Quant au chum de ma mère, le père de Laurette, — c'est le nom de ma demi-soeur, c'est vraiment laid — je ne m'intéresse pas trop à ce qu'il fait non plus, publicité, une niaiserie du genre.

Vous savez, les sacs à déchets qu'il faut acheter si on veut vivre heureux avec sa famille, ses voisins et le reste de la planète. Ou bien les beignes qui sont tellement frais que si tu en offres un à un gars, il va tomber en amour avec toi, sur-le-champ, débile. Je déteste la publicité.

Je n'aime pas beaucoup Yves non plus. Yves, c'est le chum de ma mère, le père de Laurette. En fait, je crois qu'il ne m'aime pas tellement lui non plus et que c'est pour ça que je ne l'aime pas, moi. Ce qui fait que je ne suis certainement pas pour laver ses petits bas sales!

Je sais, je devrais lire au lieu de regarder le linge tourner dans la sécheuse, niaiseusement. C'est juste qu'il y a trop de monde qui entre et sort, trop de machines qui essorent et font du bruit, et, des fois, un beau gars qui vient, lui aussi, faire son lavage, mais c'est plutôt rare. Même qu'en ce moment, disons qu'il n'y a pas de prix de beauté ici. À part moi. Je peux bien le dire, puisque vous ne me voyez pas.

Donc. Je pars demain vers des lieux inconnus, découvrir un autre monde, une autre culture, je pars vers Toronto. Pas très exotique, je sais, mais c'est mieux que d'aller à Drummondville. Remarquez, je n'ai rien contre cette ville-là, mais rien pour non plus. Et puis, je n'ai jamais mis le pied à Toronto.

Je suis bien allée quelques fois avec ma mère et mon père sur une plage américaine, me geler les orteils. Sauf que cette fois-ci, ce sera différent, ce sera culturel, et j'y vais sans ma mère, sans mon père, mon père personnel que je vois les fins de semaine.

Il aimerait bien que je vienne rester chez lui une semaine sur deux, mais, moi, j'aime mieux ne pas trop bouger. Et puis, comme ma mère a une autre enfant à surveiller, Laurette que j'adore, elle me laisse tranquille. Alors que mon père n'arrête jamais de vouloir «communiquer» avec moi. Je déteste le mot communiquer.

Je vais à Toronto avec ma classe. Un

voyage de collège. En train. Quatre jours. Il y aura Isabelle, Claudine, Pascal, Frédéric, Noël — ce n'est pas possible des mères qui appellent leurs enfants Noël, — et tout le reste de la classe, peu ou à peu près pas intéressant, des sortes de dindes et de petits coqs pas déniaisés. Ce qui n'est pas le cas d'Isabelle, disons.

Une véritable encyclopédie du sexe, Isabelle, enfin depuis qu'elle fréquente Frédéric. Ou plutôt depuis qu'elle a obligé Frédéric à la fréquenter. Ce n'est pas que Frédéric ne l'aime pas, non, mais lui, c'est plutôt le genre à se laisser faire, à se laisser entraîner. Bref, c'est Isabelle qui lui a appris qu'elle sortait avec lui, l'apprenant en même temps à tout le monde.

Frédéric n'a pas été surpris plus que 30 secondes. Isabelle avait tout décidé pour eux et ça l'arrangeait, Frédéric, enfin, il n'avait rien à faire et il se laisse mener par le bout du nez et il aime ça. La grande question «sortir avec une fille» est réglée.

Isabelle, elle, c'est une vraie «boss de bécosse», il faut que son chum fasse comme elle dit. Ils vont donc très bien ensemble. Ça ne marchera peut-être pas longtemps parce que prenez mon père et ma mère, c'est un peu à cause de ça qu'ils se sont laissés.

Je veux dire, mon père faisait tout ce que ma mère décidait, mais, lui, il ne proposait jamais rien. Enfin, d'après ma mère, moi, j'étais trop jeune encore pour m'en rendre compte. Alors, ma mère a commencé à s'ennuyer.

Là, je la comprends, parce que les fins de semaine avec mon père, bon, ça fait changement, je l'aime bien c'est certain, mais c'est fatigant de toujours se faire demander: «Qu'est-ce que tu voudrais faire, ma fille?» Comme si je savais ce que je veux faire 24 heures sur 24! Je déteste quand on me pose cette question-là.

Parfois, j'aimerais bien arriver chez lui et qu'il ait déjà préparé tout un programme. Pour être honnête, il l'a déjà fait une ou deux fois, pas tout un programme de fin de semaine, non, une journée et je lui ai dit qu'ils ne me plaisaient pas, ses projets. Ça arrive! Ce n'est pas une raison pour ne plus jamais en faire!

Isabelle est un peu comme mon père, tiens: quand elle propose quelque chose et qu'on refuse, elle boude pendant mille ans. Bon. Ça y est, mes vêtements sont secs.

Plus qu'à faire ma petite valise.

Ah! J'oubliais! Je ne vous ai pas encore dit mon nom. D'ailleurs, quand je me présente, ce n'est jamais la première chose que je mentionne. Vous feriez comme moi si vous vous appeliez aussi Paulette. Ma mère aime les noms en ETTE. Moi, je déteste les noms en ETTE.

Chapitre 2

Où on retrouve Paulette et son monde sur le quai de la gare

Voilà comment ça s'est passé. M. Malof était là en premier. M. Malof, c'est le prof de français et, malgré son nom à consonance russe, tu ne lui passes pas une faute. Mais, quoiqu'il soit sévère pour nos erreurs de langage, M. Malof, on l'aime bien finalement. On ne lui donne même pas de surnom.

Remarquez qu'avec un nom pareil, point n'est besoin.

C'est évident que, par exemple M. Jutras, l'amibe, ou Mme Lemoine, la chèvre édentée, ne nous auraient pas accompagnés, car on les déteste vraiment, alors que Malof, on s'entend plutôt bien avec lui.

Il est assez beau même, mais pas touche! Les filles de 15 ans, ce n'est pas son genre. Les garçons non plus, d'ailleurs. Il a un genre: sa femme. Pour le reste, on n'en sait strictement rien. Peut-être qu'il aime les sous-vêtements féminins, ou les films X, ou encore rien du tout. On n'en sait absolument rien.

Donc, Malof était là, les billets en main. Moi, je suis arrivée avec Claudine. Son père nous a déposées sans manquer de donner un milliard de conseils et d'avertissements à Claudine, sa fille chérie, conseils que Claudine a évidemment sitôt oubliés.

Son père est tellement mère poule qu'il va certainement lui faire des recommandations jusqu'à ce qu'elle entre dans l'âge d'or. Gentil, mais étouffant. Ce qui fait qu'elle s'en va à Toronto comme s'il s'agissait du seul moment de liberté qu'elle aura dans sa vie.

Re-donc, qui est-ce qu'on ne voit pas s'approcher avec sa casquette des Expos sur la tête? Jacques Grandmaison lui-même, dit Coco Petitcerveau, pour les initiés.

Coco n'était pas censé venir, on ne sait trop pourquoi, probablement à cause de son acné ou une autre raison idiote, mais ça ne nous dérangeait pas le moins du monde parce que Coco, c'est la tache, l'épais à l'hygiène douteuse. Ce n'est pas un premier prix d'intelligence, comme son surnom l'indique, mais le pire, c'est que Coco nous colle toujours après.

Claudine jure qu'il a un faible pour moi. Très drôle! La dernière chose qu'on veut de certaines personnes, c'est bien qu'elles nous aiment. Juste à l'idée d'embrasser Coco, le coeur me lève. Bon, il n'est pas méchant ni rien du genre, ce n'est pas ça. Même que des fois, j'en ai pitié de Coco et je le défends quand quelqu'un l'attaque, ce qui arrive souvent, disons. Mais je ne veux pas qu'il m'aime. Je déteste jusqu'à l'idée qu'il puisse m'aimer.

Alors Coco se pointe, douze gommes ballounes dans la bouche, mâchant d'une façon qui aurait fait honte à un chameau. Sa valise a l'air de peser huit tonnes et Claudine, qui ne se dirige pas vers une carrière diplomatique, disons, lui lance:

— Salut, mon Coco! Dis donc, qu'est-ce que tu traînes là-dedans? Ta provision de crème contre l'acné pour la semaine? Quoique je te regarde et, pour moi, tu n'en as jamais mis!

C'est à ce moment-là que Coco s'enfarge dans ses lacets détachés, comme d'habitude. Je crois qu'il n'a pas encore appris à faire une boucle, entre autres choses, pour être polie. Donc, Coco va voir de près le ciment, accrochant au passage une pile de paquets que transportait un employé de la gare:

— Ta mère t'a pas appris à marcher, toé? Si tu tiens pas deboutte, marche à quatre pattes pis fais attention de pas te faire ramasser par la S.P.C.A. à part de ça. Dans ton cas, ce serait facile de se tromper!

Le reste des commentaires de l'employé ne se répète pas en public, mais j'ajouterais que nous avions devant nous la palme d'or à un concours d'insultes.

Bref, disons que Coco a fait une entrée remarquée. Et personne n'est allé l'aider à se relever. Si, au moins, il s'était mis à pleurer! On l'aurait pris en pitié, on aurait réagi! Mais non! Il riait! Comme un épais, découvrant ses petites dents de rongeurs et ses gencives d'un mètre de haut.

Il n'en fallait pas plus pour énerver Malof pourtant d'un naturel plutôt calme.

Je pense que Malof aurait commis son premier meurtre en 15 ans de carrière si douze dindes n'avaient pas fait leur entrée. Douze filles de l'école qui se sont mises à crier «Bonjour, monsieur Malof» avec des voix si aiguës que les chiens des environs ont dû se mettre à japper. Je déteste les voix de tête.

Elles ont donc fait diversion, se pressant contre Malof comme des mouches noires contre un imbécile qui prend ses vacances en juin, dans les Laurentides.

Après, Pascal et Noël nous ont rejoints, Pascal, beau comme un coeur, comme toujours. Toutes les filles rêvent de sortir avec lui, mais moi non, probablement parce que toutes les filles le veulent et que je déteste vouloir la même chose que les autres.

Enfin Pascal est beau, pas de doute, et Noël, quoi dire de Noël? Noël, c'est le super grand chum de Pascal, deux inséparables, sauf que Noël n'est pas très beau. Bon, il n'est pas si pire que ça, pas laid comme Coco Petitcerveau, disons d'un genre plutôt neutre, enfin qu'on ne remarque jamais. Taille moyenne, cheveux châtains, yeux bruns pâles, tout pour avoir une personnalité drabe, sauf qu'il est drôle, pissant même!

Les filles veulent sortir avec Pascal, mais s'éclater avec Noël. Pascal embrasse bien, paraît-il, je ne sais pas, il ne m'intéresse pas. Il n'y a pas juste ça dans la vie, embrasser un gars. On s'use les lèvres à la fin. Au moins, avec Noël, on rit. Je n'ai jamais entendu dire s'il embrasse bien, Noël, mais il doit faire ça drôlement. C'est difficile à imaginer.

Comme imaginer ma mère et mon père. Ma mère avec le père de Laurette, ma demi-soeur, c'est facile, je les ai vus souvent se minoucher, avant, quand j'étais jeune mais plus maintenant. Ils prenaient leur douche ensemble et moi, je marchais toujours dans les flaques d'eau qu'ils faisaient et je mouillais mes bas. Et je vous le demande, y a-t-il quelque chose de plus désagréable que de marcher dans l'eau nu-bas? Je déteste ça.

Un à un, des gars de l'école se sont joints à nous, plutôt aux dindes, c'est leur genre. Il y a toute une masse informe à l'école qui est pour nous, le groupe sélect, des sortes de nouilles dans la soupe scolaire. Nous, on n'en fait pas partie, c'est évident. Et on n'avait pas l'intention de s'asseoir près d'eux. La honte!

Malof était là à nous compter comme des moutons. Au fond, je ne les hais pas tant que ça, les autres, mais si on veut garder les distances, il faut faire tout comme. Je ne tiens pas à ce qu'on m'appelle chaque soir pour m'embarquer dans une partie de volley-ball ou quelque chose du genre.

Donc, le compte y était presque lorsque le plus beau des magnifiquement magnifiques beaux gars est venu se placer à côté de nous. Quand je dis beau, je veux dire beau, plus beau que Pascal parce qu'il était visiblement plus vieux.

Pour être honnête, les gars de mon âge ne m'attirent pas du tout, j'aime mieux plus vieux, plus mystérieux. Il me semble que j'ai quelque chose à apprendre d'eux tandis que ceux de mon âge, je les connais comme mon alphabet et, de toute façon, c'est moi qui leur en montre. Et puis, mon père était bien plus âgé que ma mère. Remarquez qu'ils se sont séparés, mais ce n'était pas une question d'âge, plutôt de tempérament.

Est-ce que l'âge et le tempérament se confondent? Je soupçonne qu'on les relie quand ça nous arrange et qu'on les sépare pour la même raison. J'ai aussi l'impression que c'est comme ça avec tout, que les choses ne vont pas nécessairement ensemble, que c'est nous qui les mettons ensemble. C'est comme les gens, finalement.

Donc, cette beauté de beau gars arrive. Et c'est à ce moment que la file de voyageurs vers Toronto est invitée à descendre sur le quai et à entrer dans le train.

— Pousse pas, pousse pas, chose. Le train ne partira pas sans toi, malheureusement, lance Claudine à Coco qui lui a flanqué un coup de valise sur les jambes.

De son côté, Noël s'est aussi approché de Coco.

— Aïe, mon Coco, selon toi, qu'est-ce qu'on dit: «Un étobus ou une étobus?»

Sans attendre la réponse, il a grimpé les marches du wagon, abandonnant un Coco perplexe.

Pascal m'a offert de prendre ma valise, une attention qu'il a rarement, sauf pour moi, parce qu'on est bien copains. Probablement justement parce que je ne lui coure pas après.

Tout le monde était un peu agité. Moi aussi, remarquez, ça m'excite de partir, de prendre le train, de rouler. Je peux rêver, regarder dehors, me raconter des histoires dont je suis l'héroïne et ne rien faire sans qu'on me lance: «Paulette! Ne reste pas à rien faire, occupe-toi, tu es énervante comme ça!» Évidemment, c'est ma mère surtout qui dit des choses de ce genre-là.

Elle n'a pas l'air de se souvenir de ses 15 ans à elle. Peut-être que je ne fais rien physiquement, mais si elle voyait comme ça brasse dans ma tête! Je suis occupée à penser, moi! D'un autre côté, j'aime mieux qu'elle ne sache pas toujours à quoi je pense: elle ne comprendrait pas.

Il n'y a pas si longtemps encore, je pensais à des choses très ordinaires: ma collection d'effaces, ce que j'aurais envie de manger, les grandes capitales, l'école, la bicyclette, ma visite à ma grand-mère Lucille, la mère de ma mère. J'ai trois grands-mères, deux vraies et une par alliance, mais c'est Lucille que je préfère. Ma mère alors pensait comprendre ce qui me passait par la tête, des préoccupations de petite fille en fait.

Maintenant que je commence à me poser les mêmes questions qu'elle, du genre la vie, l'amour, la mort et tout le reste, elle a changé d'attitude. Enfin, elle continue à être ma mère, mais c'est quelque chose dans sa façon de me parler, dans son ton qui n'est pas tout à fait pareil. C'est comme si elle avait un peu peur de moi. Elle a 39 ans. Peut-être qu'elle n'admet pas n'avoir pas encore trouvé de réponses. Peut-être qu'elle a peur que j'en trouve, moi, avant elle. Je ne sais pas.

Donc, on se précipite tous à l'intérieur du wagon qui nous est assigné. Les dindes et leur basse-cour se jettent pêle-mêle dans la première moitié, ce qui fait que nous nous installons le plus loin possible d'elles, à l'autre bout, au milieu des autres voyageurs.

Et qui vient s'asseoir juste derrière moi? Coco! J'aurais hurlé. Il sort tellement de bruits bizarres du corps de Coco qu'on se demande s'il est humain. Ça doit venir du fait qu'il mange n'importe quoi. On le surnomme d'ailleurs «le corps à vidanges».

J'allais demander à Malof si on ne pourrait pas asseoir Coco dans le compartiment à valises quand le beau gars de tout à l'heure est venu s'installer à côté de moi. Pas tout à fait à côté, l'allée nous séparait plus un siège, puisqu'il s'est assis près de la fenêtre. À ce moment-là, Coco s'est levé pour changer de place. Sauf qu'il s'est installé à côté du gars. Donc, presque à côté de moi. Collant comme un timbre.

Nous avons pris un banc à quatre, en fait quatre sièges face à face, Isabelle, Frédéric, Claudine et moi. Pascal et Noël étaient de biais, on pouvait se parler et se voir sans problèmes. Malof a pris place au milieu du wagon, à distance égale des dindes et de nous.

Nous n'étions pas partis depuis une demi-heure qu'Isabelle et Frédéric se murmuraient des choses douces à l'oreille — je dis douces, mais je n'en sais rien et je m'en fous complètement. Noël avait sorti son ordinateur portatif et personnel et disputait une partie débile avec Pascal, du genre tirer sur des ronds avec des bouches qui rient. Claudine se remaquillait — elle avait évidemment remarqué, elle aussi, le super beau gars. Coco fouillait dans son sac à lunch et une odeur d'égout s'est répandue partout dans le wagon. Et le reste du groupe s'est bien sûr mis à ricaner comme des perruches malades.

À part nous, il y avait un petit gros d'au moins 150 ans, une femme extrêmement moche du genre planche à laver et une mère avec son bébé qui, malheureusement pour nous, marche. Je gage que ça ne prendra pas une heure que l'enfant viendra nous voir et il faudra qu'on le trouve beau même s'il a les oreilles décollées. Tous les bébés ont les oreilles décollées d'ailleurs.

Et on a ri, comme toujours. Nous autres, on rit comme d'autres respirent, tout le temps. Ça énerve les profs, ils pensent qu'on rit d'eux. Et ils ont raison.

Chapitre 3

Où on fait route
vers la Ville-Reine

Très vite, moi, j'ai commencé à regarder dehors.

Jusqu'à Dorval, où le train arrête et où Mme Lachance, notre prof de géométrie, est montée nous rejoindre. Elle aussi, elle est bien, elle donne beaucoup de travail, mais ses examens sont toujours faciles. Jusqu'à Dorval donc, on a passé cent mille fonds de cours et des arrières de taudis qui menacent de s'écrouler lorsque le train passe.

Moi, je vis dans un appartement confortable, dans un quartier confortable, je n'ai jamais été pauvre, du moins pas à mon souvenir.

Quand j'avais quatre ans, nous avons traversé une période difficile, paraît-il, je ne me souviens pas. Quand on est petit, on ne sait pas qu'on est pauvre. Les seules images qui me restent de cette époque-là, c'est ma mère qui pleure parfois, en cachette. Moi aussi, je me cache pour pleurer.

Nous avons filé derrière ces taudis et je me suis dit que les trains ne passent pas souvent devant les belles résidences. C'est une impression, car je n'ai pas pris le train si souvent. Mais c'est certain qu'elles sont mieux construites et qu'elles ne trembleraient pas, elles.

À un moment donné, nous avons pénétré dans un tunnel. Alors, tout l'intérieur du wagon fut reflété dans la vitre panoramique. Je me suis vue, jolie comme je me trouve, ceux qui ne trouvent pas, ce n'est pas mon problème, et j'ai cru voir le beau gars qui me regardait. Mais c'est encore une impression. Car les beaux gars ne m'ont pas souvent regardée dans ma vie.

Il faisait assez beau, après trois semaines de pluie et de neige de mars. Ça déprime ma mère, ma grand-mère, Yves — le chum de ma mère — mon père, le Canada et le monde entier, sauf Laurette et moi. Pour nous deux, envoyez-en de la pluie! Ça ne me fait pas peur, au contraire, à force de rentrer trempée, je finis par attraper un rhume, ma voix devient enrouée et ça me rend intéressante.

C'est drôle de s'entendre avec une autre voix, c'est bien, car la mienne, sur un magnétophone, je la trouve affreuse. Je ne connais personne qui ne déteste pas sa voix quand elle est enregistrée. Elle est beaucoup plus jolie quand on l'entend par en dedans.

Ou bien, je reviens au rhume, si je suis chanceuse, j'ai de la fièvre et je manque l'école. Cette école privée, oui ma chère, et chère en plus que mes parents me payent afin de m'assurer une bonne éducation, un bon avenir, de l'argent et tout le tralala, enfin ce qu'ils désiraient pour eux-mêmes.

Je crois qu'ils veulent aussi m'éviter les mauvaises fréquentations — ils sont vieux jeu! — comme celles des enfants qui habitent les taudis de tout à l'heure. Mais pauvre maman! elle est vraiment naïve de croire qu'il n'y a pas de mauvaises fréquentations dans un collège privé. Comme si le fait d'avoir de l'argent garantissait de l'intelligence. La supposée bonne société, ça se marie entre eux, ces gens-là, c'est bien connu. Et qu'est-ce que ça fait? Les «mongols» ne sont pas tous dans des centres spécialisés. Il y en a pas mal à mon école qui n'ont pas juste un chromosome de trop.

Je n'ai pas pu savoir si le beau gars me regardait vraiment, car on est vite sortis du tunnel. Et lorsque je me suis retournée, c'est Coco qui me fixait avec ses yeux d'esturgeon mort depuis deux jours. Oh boy! Ses parents doivent l'aimer aveuglément celui-là pour lui payer le collège. Moi, j'aurais de la misère à lui payer un cornet à une boule!

Je me demande bien ce qu'il veut devenir dans la vie. À sa place, je ne rêverais pas trop grand. Il ne doit rien vouloir devenir de toute façon. Remarquez que je ne sais pas trop trop moi-même ce que je veux. Je déteste quand on me le demande.

Aujourd'hui, je rêve d'être vétérinaire. J'aime les animaux. Je les aime tellement que ça me surprend de ne pas aimer Coco, probablement le seul représentant sur terre d'une race de mollusques disparue. Mais demain? Archéologue? Je commencerais mes fouilles dans le sous-sol de ma grand-mère.

Elle ramasse tout ce qu'elle trouve sans se demander si ça peut servir ou pas. Elle dit d'ailleurs que c'est comme ça qu'elle a ramassé mon grand-père. Mais moi, je ne sais pas, je ne l'ai pas connu. Il est décédé.

On a traversé des campagnes et des campagnes et tout de suite arrivés en Ontario, les maisons ont commencé à être plus belles, plus propres. J'imagine que la ville de Toronto sera anglaise comme ça, belle et propre, ce qui m'indiffère totalement. Ce qui m'intéresse, c'est de savoir si elle est plate ou non.

Ma mère aimerait m'entendre, car elle répète sans arrêt que je ne m'intéresse à rien. Ce n'est pas parce que je réponds toujours non à ce qu'elle me propose que rien ne me captive. Et puis je déteste le mot «intéressant».

Chaque fois que ma mère dit: «C'est intéressant» pour parler d'un artiste ou d'un spectacle qu'elle promut? promet? promeut? enfin vous savez ce que je veux dire, c'est immanquablement parce qu'elle n'aime pas ça. Et elle est trop gênée de l'avouer. Comme si elle doutait de son opinion.

Moi, je ne doute jamais de la mienne, même si je sais que parfois j'ai tort. Ça arrive. Mais les autres n'ont pas à le savoir. L'important c'est que je m'en rende compte, moi. Parce que souvent, qui a tort ou qui a raison, ce n'est pas ça l'important: c'est qui va imposer son idée qui compte. En gang, en tout cas. Sauf avec Claudine. Parce qu'elle, c'est ma grande amie et moi la sienne.

Je l'appelle «Claudine les babines» parce que les lèvres, elle a ça épais pas mal. C'est normal, son père a une de ces paires de lèvres, tu te demandes si le docteur ne l'a pas tiré par la bouche le jour de sa naissance.

Claudine, ça ne la dérange pas que je la surnomme les «babines» parce que je suis sa grande amie. Mais je suis la seule à avoir le privilège de l'appeler comme ça. Si quelqu'un d'autre le fait, elle se fâche tout de suite et le traite de raciste. Parce que son père est noir foncé. Elle est plutôt pâle, puisque sa mère est blanche, même qu'on a l'impression qu'elle est toujours malade.

Je n'ai pas l'habitude de donner ce genre de précisions sur Claudine, sauf que puisque vous ne pouvez pas la voir, il le faut bien, même si ça ne fait aucune différence de savoir ça. Moi, je ne vous ai pas mentionné de quelle couleur j'étais et je suis certaine que vous ne vous l'êtes pas demandé. Vous avez pris pour acquis que j'étais blanche. Eh bien! je ne vous dirai qu'une chose à mon sujet: j'ai les cheveux noirs. Le reste, vous pouvez l'imaginer tout seuls.

Toujours est-il que Claudine était silencieuse depuis le départ. Elle est comme ça, elle parle sans arrêt et rit toujours trop fort et tout à coup, c'est le silence complet pendant une heure. Elle aussi, elle pense, ou, comme dirait ma mère, elle reste à niaiser et ne rien faire.

— Tu ne vas pas me dormir dans la face, sans ça je casse, Frédéric Poitras!

Isabelle venait de me sortir de mes réflexions.

— Je ne dors pas, réplique Frédéric, mollement.

— Pourquoi t'avais les yeux fermés d'abord? demande Isabelle, tenace.

— J'ai mal aux yeux un peu, répond son chum, pas très convaincant.

— T'as mal aux yeux, mon oeil! On va jouer aux cartes.

Et Isabelle sort un paquet de son sac ainsi qu'une mini planche de «cribbage».

— Ah non! Pas aux cartes! dit Frédéric, se redressant quand même sur son siège.

— J'ai le goût. Tiens, brasse.

Et elle lui tend le jeu qu'il commence à mêler paresseusement.

Claudine aussi a été tirée de son mutisme.

— Aïe, le petit couple, vous n'allez pas vous mettre à vous chicaner déjà, ça fait juste deux heures qu'on est partis.

— Il a juste à ne pas me dormir dans la face, ce n'est pas compliqué. J'ai 12. As-tu plus que moi? fut le commentaire d'Isabelle.

— 16, répond Frédéric.

Et Isabelle lui fait son plus beau sourire et lui dit qu'elle l'aime. Frédéric rougit jusqu'aux yeux et on entend Pascal l'appeler:

— Viens-tu faire une petite partie de «pacman», mon minou?

C'est Isabelle qui répond à sa place:

— Vas-y donc, je n'ai pas vraiment envie de jouer aux cartes, finalement.

Elle est comme ça, Isabelle. Elle change tellement souvent d'idée qu'on ne sait jamais à quoi s'en tenir avec elle. À mon avis, elle doit se mélanger elle-même. C'est mieux que de se trouver plate.

Frédéric a pris la place de Noël qui est venu s'asseoir à côté d'Isabelle qui, elle, s'est installée pour faire un petit somme. Pour faire semblant de dormir plutôt, dans l'espoir qu'on parlerait d'elle et qu'elle entendrait tout. Au même moment, on a vu Coco se diriger vers les toilettes, vert, se plaignant qu'il avait mal au coeur en train.

Claudine m'a gentiment offert son siège en disant:

— Tu peux t'étendre si tu veux, et a pris la place de Coco.

Elle a expliqué au beau gars que je lui avais demandé de me laisser sa place pour m'étendre et lui a demandé si elle pouvait prendre le siège de Coco vu qu'on ne le reverrait vraisemblablement pas avant une bonne demi-heure?

C'était rigoureusement exact, car l'employé de train avec le chariot à chips et boissons gazeuses a eu le temps de passer deux fois avant que Coco sorte des toilettes. Dans un état encore plus lamentable que normalement.

Mme Lachance lui a cédé son siège, à côté de Malof qui n'a pas eu l'air enchanté du tout d'être obligé d'en prendre soin. On est bien prêts à le tolérer, Coco, mais de là à le toucher, il y a des limites. Mme Lachance est allée faire un tour du côté de la basse-cour et fut accueillie par les bravos des licheux de profs.

On a jasé, Noël et moi, du voyage et de ce qui nous plaisait le plus dans l'horaire. Évidemment, nos parents ne nous ont pas payé le voyage pour qu'on aille courir les magasins de disques. Ils nous ont payé le voyage pour qu'on s'ouvre à une autre culture, comme ils disent, qu'on fasse des découvertes, qu'on visite des musées tout en leur donnant quelques jours de congé de nous. Mais ça, ils ne le disent pas, par exemple.

Noël et moi donc, on était d'accord sur le zoo, sauf qu'il préférait l'idée du Centre des sciences et moi, celle du Musée royal de l'Ontario. Je n'ai rien contre les musées même si je préfère de beaucoup aller voir des spectacles.

Ma mère a souvent des places gratuites et comme ça, j'y vais de temps en temps. J'épate tout le monde avec ça, mais il y a peu de spectacles qui m'épatent, moi. Ma mère dit que je n'aime jamais rien. Ce n'est pas ma faute si je suis difficile. D'ailleurs, je déteste les gens qui aiment tout.

Finalement, Noël a sorti son walkman et ses deux paires d'écouteurs. Il faut dire qu'il est le mieux équipé de l'école: son père est ingénieur et maniaque des gadgets. Et on a écouté des cassettes ensemble jusqu'à ce qu'on arrive près de Toronto.

Tout ce temps-là, Claudine a eu une conversation animée avec son voisin, du moins à ce que j'ai pu voir et non entendu, puisque j'ai eu des écouteurs sur la tête tout le long du voyage.

J'ai remarqué qu'il avait un très beau sourire, mais qu'il avait une certaine tristesse dans les yeux. Je me suis demandé si Claudine ne s'était pas déjà organisé une sortie avec lui.

Claudine est le genre de fille qui prend toujours les devants, fait les premiers pas et qui ne s'offusque pas quand un gars refuse une invitation. «Il y en a tellement d'autres», comme elle dit. Enfin, elle est tout le contraire de moi.

Je passe même pour une fille assez sauvage. Et je crois que Claudine n'en est pas mécontente, puisqu'elle est, disons, extrêmement sociable. Je ne joue pas sur son terrain. Ce n'est pas méchant: nous sommes de grandes amies, malgré et à cause de ça.

Finalement, alors que nous traversions une dernière banlieue avant d'entrer dans la métropole, Coco, transfiguré, s'est levé de son siège. Il s'en est allé d'un pas incroyablement décidé vers Noël et lui a lancé:

— Je le sais. C'est une étobus qu'on dit!

Chapitre 4

Où on pénètre
dans la chambre d'hôtel

Récapitulons. Juste avant d'entrer en gare, hier, on a vu briller au soleil couchant rien de moins qu'un édifice en or. Une grande banque. Malof nous a expliqué que dans chacune des vitres on avait coulé de la poussière d'or. Je suis très contente d'avoir mon compte bancaire à Montréal et que ce ne soit pas mes maigres économies à moi qui aient servi à ça.

Remarquez que c'est joli, je dois l'admettre. Mais il y a mieux à faire, il me semble, avec de l'argent. Il y a tellement de gens malheureux sur la terre... Je me demande si, la nuit, des gens pauvres ne viennent pas gratter les vitres.

Après, on est arrivés, on est sortis du train, on a attendu Coco dont la valise s'est ouverte sur le quai étalant tout son contenu dont deux haltères. C'est ça qui pesait si lourd, allez donc savoir pourquoi Coco fait des haltères: même avec de beaux muscles, il aurait toujours une tête à faire peur aux chiens. Il devrait être facteur, tiens.

On est montés dans le grand hall d'entrée et, ça m'a fait tout drôle, j'ai vu, ou plutôt entendu, que nous étions les seuls à parler français. Je savais que ce serait comme ça, mais c'était un choc.

Je suis déjà allée en Gaspésie, c'est beaucoup plus loin que Toronto et je ne me suis pas sentie dépaysée, même si les gens ont vraiment un drôle d'accent et qu'ils sont un peu difficiles à comprendre. Ici, c'est comme les plages aux États-Unis, c'est un pays étranger. C'est vraiment bizarre, presque désagréable de se sentir étranger dans son propre pays en fin de compte, parce que la langue de la majorité, c'est l'autre.

On est allés à pied jusqu'à notre hôtel, tout près de la gare, un grand hôtel en pierres beiges, très beau. Je ne sais pas si ma mère aurait trouvé ça beau, elle est bien difficile, elle s'installe toujours dans des hôtels chers quand elle voyage, mais elle ne voyage pas souvent.

Donc, moi, je l'ai aimé, enfin c'est un hôtel, j'aurais aimé n'importe lequel de toute façon, du moment que je suis hors de chez moi. Ce n'est pas que je n'aime pas où je vis, mais j'aime être ailleurs, sans ma mère ou mon père, car même si je ne vais chez lui que les fins de semaine, c'est pareil. J'aime être seule.

Quand je dis seule, ce n'est pas exactement le cas ici. Car on nous a mis quatre par chambre. Dans la mienne, il y a Claudine, Isabelle — Frédéric est avec les garçons, cela va de soi, c'est un voyage d'école, pas un voyage de noces — puis il y a moi, bien entendu, et une dinde, Marielle, la plus dinde de toutes.

Il va falloir surveiller ce qu'on dit parce que c'est le genre porte-panier qui va rapporter tout ce qu'elle entend et le rapporter tout croche parce qu'elle ne comprend pas la moitié de ce qu'on raconte. Je déteste les porte-paniers.

On a tiré au sort pour savoir laquelle de nous dormirait avec Marielle, puisque dans la chambre, il y a deux lits doubles. C'est

Isabelle qui a gagné, si je peux dire. Ça la changera de Frédéric. Qui sait, même, si Isabelle, en dormant, ne va pas se coller sur Marielle en rêvant de Frédéric, ce qui ferait certainement hurler comme une folle Marielle, cette innocente. C'est tout juste si elle ne ferme pas les yeux quand elle s'habille.

Vous auriez dû la voir essayer de mettre son pyjama en cachette, hier soir, pendant que nous trois, on se déshabillait sans gêne! Surtout Claudine et Isabelle, car moi, je suis plus gênée, je me trouve un peu grasse.

Claudine est parfaite. Isabelle est un peu toutoune, mais on dirait que ça lui va bien. Alors que moi, j'ai l'impression que les gens qui me croisent dans la rue doivent me regarder et penser: «As-tu vu la fille? Elle a des hanches un peu trop larges et des fesses un peu trop plates, c'est monstrueux! Si j'étais faite comme ça, je n'oserais pas sortir.» Bon, d'accord, ils ne pensent probablement rien du tout et ne me remarquent même pas. Ce qui est bien PIRE!

Enfin Marielle fait tout pour nous cacher qu'elle est menstruée, genre elle enveloppe ses «protections féminines», comme dit le chum de ma mère, Yves, en rougissant, dans mille carrés de papier de toilette, les jette ensuite et chiffonne d'autres papiers par-dessus, l'air de rien. Dinde au cube! On dirait qu'elle a honte. Pauvre elle, j'espère que ça lui passera, parce qu'elle en a pour quelques années-lumière.

Remarquez que, dans mon cas, quand c'a commencé, à douze ans, j'ai eu droit à un: «Pauvre enfant! Pas déjà! Me semble que t'es bien trop jeune! Puis, moi, je suis trop jeune pour être grand-mère!» L'événement a tellement déplu à ma mère que fatalement, il m'a déplu à moi aussi. Mais c'est oublié, c'est déjà loin, j'ai été menstruée 40 fois depuis et j'ai réussi à faire comprendre à ma mère que ce n'était pas si grave que ça. Enfin Marielle, on lui a peut-être dit à elle: «T'as pas honte!» Quoiqu'elle est tellement tarte qu'on a dû ne rien lui dire du tout.

Vous auriez dû la voir quand Frédéric est venu dire bonsoir à Isabelle, histoire de l'embrasser, et qu'il est arrivé alors qu'elle avait sa «protection féminine», comme disent aussi les publicités, à la main. Tout le sang de son corps lui est monté au visage et particulièrement aux oreilles. Claudine, toujours délicate, a dit à Frédéric, en montrant Marielle:

— As-tu vu, on a une borne-fontaine en plein milieu de la chambre. Ils sont bien organisés les Anglais!

Tout le monde s'est mis à rire, Marielle à pleurer et c'est moi qui ai dû essayer de la consoler. Pas facile de consoler une dinde.

Mais tout ça se passait après le repas, englouti en deux minutes. On n'a même pas eu le temps de se rendre compte si c'est vrai qu'on mange mal chez les Anglais. Pas plus mal qu'à mon école, en tout cas.

Ensuite, on a fait une promenade dans le quartier où Malof nous a parlé de l'architecture des édifices et Coco a failli se faire écraser par un tramway. Ce n'est qu'une fois couchées que Claudine m'a appris que le beau gars du train, Laurent, était descendu au même hôtel que nous. C'est un beau nom, Laurent, n'est-ce pas?

Chapitre 5

Où Paulette
se bourre la face

Mme Lachance est venue nous réveiller à 7 heures 30. J'ai ouvert les yeux et j'ai fait la même chose que je fais chaque matin: je me suis retournée et je me suis rendormie. C'est classique. Je pratique le double réveil comme d'autres la double vue. Ça énerve ma mère au plus haut point parce qu'elle doit me secouer deux fois chaque matin.

J'aime mieux la sentir me pincer les orteils — c'est sa façon de procéder, charmant! — que d'entendre un réveil, ou pire un radio-réveil. C'est tuant de revenir à la vie le matin au son d'un «morning-man» à qui il faudrait prescrire un tranquillisant de cheval pour le calmer un peu. Ça rendrait service à l'humanité. Je déteste les «morning-men».

Marielle a attendu qu'on soit toutes douchées et habillées, Claudine, Isabelle et moi, avant de daigner sortir de sous les couvertures. On ne voyait d'elle qu'un bout de cheveux et une boule au milieu du lit. Elle devait étouffer là-dessous, mais il faut croire que, dans son cas, la timidité l'emporte sur le besoin de respirer. Ou peut-être qu'elle n'a pas besoin d'air, ce qui est avantageux pour elle finalement, parce que bientôt, quand il n'y aura plus d'air sur la planète, elle va survivre.

Moi, c'est tout le contraire. Je dois avoir des poumons d'éléphant. Et je me fais tellement aller les narines que je vais finir un jour par gagner une médaille d'athlétisme du nez. Les odeurs! Parlez-moi d'une senteur de frites, de bagels ou de crème pour le visage!

Ma mère a sur sa tablette, dans la salle de bains, un kilomètre de petits pots qui sentent aussi bon les uns que les autres. Elle a peur de vieillir, ma mère. Moi, je n'y pense pas, enfin pas comme elle.

Vieillir pour moi, c'est devenir quelqu'un, je ne sais pas, un commandant de paquebot, ou non, tiens, une journaliste célèbre. Et je suis la plus jeune reporter à recevoir le prix Pulitzer et je parle si bien de mon expérience, avec simplicité et sagesse, et tout le monde m'admire et je suis seule, et je repars pour des reportages risqués, dénonçant l'injustice, la pauvreté et la cruauté.

Et après? Je ne sais pas, ça s'arrête là. Après, je pense à autre chose, je plonge le nez dans un pot de crème, je vais passer devant le parterre de la voisine qui fait pousser des fleurs dont je ne connais pas le nom. En ce moment, c'est l'odeur des oeufs et du bacon qui m'attire. Et tant pis pour Marielle, on ne l'a pas attendue. Elle aimait mieux ça de toute façon.

Tout le monde était à la salle à manger déjà, Pascal, Frédéric et Noël à une table un peu isolée, le reste du groupe picorant dans leurs céréales. On s'est installées avec les trois gars. Isabelle a aussitôt plongé dans l'assiette de son chum, ce qui est un droit acquis quand tu sors avec quelqu'un. Tu lui donnes ton coeur, tu lui prends son manger: c'est un bon échange.

J'ai demandé un jus d'orange, des Corn

Flakes, un chocolat au lait, deux oeufs, du bacon, des rôties, une banane et du beurre d'arachide, l'habituel des jours de congé. Yves, le chum de ma mère, me demande où je mets tout ça, vu que finalement, je ne suis pas si grosse. Il n'en revient pas de ce que je peux manger en un repas.

C'est rien, le midi, au collège, je mange une soupe, des biscuits soda, deux verres de lait, deux sandwiches et demi — le demi c'est pour les amies qui veulent toujours goûter à ce que j'apporte, mais ma mère ne le sait pas, ce n'est pas son genre de nourrir tout le quartier —, un peu de salade, du fromage, un dessert et un fruit.

À seize heures, beurrée de beurre d'arachide et verre de lait. À dix-huit heures, deux portions — de spaghetti, disons — plutôt qu'une, deux verres de lait, trois tranches de pain. Et vers vingt heures, comme j'ai toujours un petit creux, je mange un peu de chips, sans oublier le verre de lait avant d'aller dormir. En somme, je mange normalement.

Mais pour ma mère, je coûte cher à nourrir, paraît-il. Alors que ma grand-mère est ravie de me voir arriver: ça lui permet de vider son réfrigérateur. C'est une question de point de vue. On ne peut quand même pas me reprocher de grandir, surtout que ma mère se plaint sans arrêt qu'elle est trop petite et dit que c'est donc beau une grande femme et qu'en plus, ça fait peur aux hommes.

Moi, je dis que même courte sur pattes, une fille peut facilement faire peur à un gars. On n'a qu'à regarder Isabelle et Frédéric. Et puis moi, il n'y aura personne pour me faire peur. Le premier qui s'essaye va savoir comment je m'appelle. Mais personne ne s'essaye, je dois dire. Ce qui est un peu déprimant.

Noël nous a lu le menu au complet deux fois. Pascal a décrit les deux femmes qu'il a rencontrées sur son étage, deux Allemandes blondes, frisées, les yeux pâles, bref il en est tombé amoureux. Deux filles d'au moins 19 ans, si ce n'est pas 20. Isabelle et Frédéric ont passé tout leur temps à jouer dans les oeufs de l'autre, mignon mais nono.

Claudine a raconté des histoires de noirs, c'est son droit le plus strict, pendant que moi je me demandais si j'aurais assez de pain pour finir mon beurre d'arachide ou trop de beurre d'arachide pour mon pain si j'allais m'en chercher un autre contenant individuel. C'est alors que Malof nous a annoncé que nous allions au zoo, puisqu'il faisait beau.

Les dindes et leur basse-cour ont applaudi. Pas surprenant, on leur aurait dit qu'elles allaient visiter une fabrique de boudin qu'elles auraient applaudi aussi. Nous, on n'était pas d'accord. Arriver dans une grande ville nouvelle et ne pas se promener à travers les rues du centre-ville, les magasins, les musées du centre, enfin n'importe quoi pourvu qu'on reste au centre, ce n'est pas ma conception d'une visite.

Un zoo, c'est un zoo. Ce n'est pas que je n'aime pas les animaux, au contraire, j'adore les animaux. Mais demain. On a protesté, discuté, argumenté. Et on est partis au zoo.

Mais auparavant, il a fallu aller chercher Coco qui n'était toujours pas descendu et qui fut retrouvé dans son lit, tout habillé, ronflant — à son âge! — et endormi avec un magazine porno. Il a eu droit aux remontrances de Malof devant tout le monde, mais Coco, il n'y a pas grand-chose qui l'empêche de vivre.

Il s'est installé dans l'autobus en se curant les ongles — ce qui n'est pas dans ses habitudes corporelles — avec un crayon à mine — ce qui est tout à fait son genre. Il a fini son nettoyage les doigts plus noirs que lorsqu'il a commencé.

Nous n'avions pas fait un coin de rue, que j'ai vu Laurent, le gars du train, marcher lentement sur le trottoir. Il nous a regardés passer et a esquissé un sourire avant de disparaître dans un tournant.

— Regarde-le pas comme ça! Tu vas le gêner, dit Claudine.

— Moi? Comment, comme ça? Ça s'est adonné que je le regarde, c'est tout, ai-je répliqué.

— Si ça «adonnait» qu'un gars me regarde de cette manière-là, j'aimerais beaucoup ça, a ajouté Claudine.

L'autobus a démarré, les dindes ont applaudi! Les fenêtres étaient ouvertes: j'ai eu honte. Je déteste avoir honte.

Chapitre 6

Où Paulette se demande
si Toronto est un zoo

C'est vrai qu'il faisait très beau et que c'était une journée idéale pour le zoo. Ça m'arrive parfois d'admettre des choses. Surtout que ce zoo-là, ce n'est pas le genre «trois hippopotames par centimètre carré», mais plutôt comme une campagne immense où les animaux ont finalement beaucoup d'espace. Bon. C'est sûr que du moment qu'il y a une clôture, ce n'est jamais assez, mais bon, c'était mieux que d'habitude.

On s'est divisés en deux groupes: les dindes avec Mme Lachance et nous avec Malof et, catastrophe, Coco.

— Je te le dis, il t'aime, Paulette, m'a chuchoté Claudine.

Autant être aimée par une grenouille qui a une maladie de peau. Ce n'est jamais ceux qu'on veut qui nous aiment. À quelques exceptions près. Moi qui me fais un honneur de faire le plus possible partie des exceptions, cette fois-ci c'est raté.

Nous avons commencé par les ours polaires.

— Ils ont «polaires» à s'amuser, s'est essayé de blaguer Coco.

Ça lui arrive. Je me demande où il va pêcher ses blagues, dans quelle partie de son cerveau un déclic se fait tout à coup pour qu'il nous lance une phrase comme ça. On n'a pas ri, alors que Coco, lui, se tordait. Il avait l'air de quelqu'un qui a une crise de foie d'ailleurs.

Remarquez qu'elle n'était pas si mauvaise que ça, sa blague. Même que je l'ai ri à l'intérieur. Si c'était Noël qui l'avait faite, on se serait tous éclatés, je suis certaine. Mais on ne rit jamais d'une blague de Coco parce que après, il n'arrête plus, il nous casse les oreilles. Il n'a pas de limite. Ça devient pas mal énervant. Alors, on fait semblant qu'il est toujours ennuyeux. Ça le gêne un peu et il se contrôle.

Tout d'abord, les ours polaires ne sont

pas blancs, mais jaunes. Et de sapristi de bons nageurs. On les a vus, à l'heure de leur repas, plonger pour attraper des poissons. J'ai été impressionnée. Et on ne m'impressionne pas facilement. Surtout quand visiblement on veut m'impressionner. Comme le fait Yves, le chum de ma mère. Ça marche avec elle, mais pas avec moi. Ça l'enrage. C'est pour ça que je ne m'entends pas bien avec lui.

Qu'est-ce que vous voulez que ça me fasse à moi qu'il ait réussi à trouver un slogan pour de la cire à plancher? À l'écouter parler, on dirait qu'on ne peut pas vivre heureux sans sa cire à plancher. Ou sans n'importe quel des produits insignifiants pour lesquels il fait des pubs.

Je lui ai déjà demandé si ça ne le gênait pas un peu de raconter tous ces mensonges-là au monde, de les prendre pour des imbéciles. Il n'a pas répondu, il a dit qu'il avait un important coup de téléphone à donner. Je déteste les gens qui ne répondent pas quand on leur pose des questions.

Après les ours, on a suivi la piste Autour du monde — des gros pieds bleus tracés par terre qui nous mènent à travers le zoo — et on est arrivés aux tigres, dont un, la femelle, était blanc.

Comme tout le monde, les félins, c'est ce que je préfère. En fait, j'aime bien tous les mammifères. Parce que spontanément, j'ai envie de les caresser. Alors qu'on ne peut pas dire que je ressente la même chose à l'égard des poissons ou des reptiles, enfin, disons qu'entre eux et moi, la communication n'est pas très intense. Les oiseaux, il y en a de très jolis, mais pour moi, ils sont tous classés sous le terme: poules.

Une chose est certaine pourtant, que j'aime ou non, jamais je ne ferais de mal à un animal. Et je ne comprends pas comment on peut le faire. Coco, par exemple, pour se rendre intéressant, attrape des insectes et leur enlève morceau par morceau, pattes, ailes, etc. Dans ce temps-là, je lui en arracherais des morceaux à lui, sauf qu'il faudrait que je le touche. Ouache! Je déteste quand on fait mal aux bêtes.

J'ai vu des chauves-souris d'Australie de dix mètres et ça m'a donné le goût d'aller là un jour. Pas nécessairement pour les chauves-souris, mais pour les kangourous et les koalas. J'ai même vu un «tasmanian devil». Pas méchant-méchant, il dormait.

Lions, girafes, loups de l'Arctique, lynx,

nommez-les, je les ai vus. Des animaux bien traités, bien nourris. Et ça, c'était bizarre parce que nous, on n'avait pas le choix: sur tout le site, on ne trouve que des McDonald's. Une concession. Ça doit rapporter beaucoup. Mais n'empêche.

Je suis certaine que ce qu'on donne aux bêtes est pesé, analysé en fonction de la santé de l'animal. Et les visiteurs ont droit au «junk food». Remarquez qu'on ne s'est pas plaints, on en mange souvent. Quand même. Ça doit faire rire les animaux. Ça ferait pleurer ma mère.

On s'est retrouvés devant les orangs-outangs, mot malais qui signifie «homme des bois». La première chose qui nous a frappés, c'est la ressemblance étonnante entre eux et Coco. Même Malof — je l'ai vu dans son visage — l'a remarqué. Il s'est mis à rire et Coco lui a demandé pourquoi. Là-dessus, une femelle s'est approchée tout près en agitant les bras.

— Regarde, elle est contente de te voir, Coco. Peut-être qu'elle te prend pour son cousin, dit Noël, le plus sérieusement du monde.

Coco, qui semblait d'ailleurs fasciné par l'orang-outang, a éclaté en sanglots.

On ne savait plus où se mettre. Malof se demandait quoi faire. Coco lui-même, en larmes, ça ne s'était jamais vu. Enragé, dégoûtant, ricanant niaiseusement, hautain, insensible, oui, mais jamais triste.

Ça m'a fait drôle. Il pleurait et la morve lui coulait du nez. Des visiteurs s'approchaient, demandant je ne sais pas quoi — ils parlaient anglais — et Malof leur répondait je ne sais pas quoi. Noël était gêné parce que c'est lui qui l'avait fait pleurer. Il s'est approché.

— Voyons, ne pleure pas, je n'ai pas voulu être méchant. On descend tous du singe, nous aussi, même si ça ne paraît pas.

Coco est reparti de plus belle.

— Ça va faire, Noël, est intervenu Malof. Puis il s'est penché vers Coco. Il ne faut pas pleurer comme ça! Ton camarade faisait une blague. Pas drôle du tout, je suis d'accord.

Coco s'est calmé et, entre deux sanglots:

— Ce n'est pas ma faute! Le singe ressemble à mon grand-père qui est mort le mois passé! Je l'aimais, mon grand-père, et ça me fait penser à lui.

Je ne sais pas comment on a fait pour se retenir de rire. Personne ne remplacera jamais Coco. C'est bizarre, mais c'est à partir de ce moment-là qu'on a décidé de l'intégrer dans notre petit groupe. À distance quand même, parce qu'il sent mauvais.

L'orang-outang nous regardait fixement et je suis certaine qu'elle comprenait ce qui se passait. C'est intelligent, un singe, beaucoup plus que bien des gens que je connais. Mon chat, tiens, est plus intelligent que plusieurs. Mon chat adore Laurette, ma demi-soeur; il a raison, c'est la personne la plus adorable de ma famille.

On a dû voir 3 998 animaux sur les 4 000 du zoo. Moi qui ne voulais pas venir, j'étais contente finalement de me promener comme ça toute la journée parmi des animaux. De me faire rappeler, dans les écouteurs, que plusieurs sont en voie d'extinction, ça me fait mal au coeur.

Quand je serai première ministre, je vais transformer le pays entier en parc national. Les animaux se multiplieront, j'irai de par le monde chercher toutes les espèces en danger. Ils seront bien et heureux. Et les chasseurs seront pendus. Je déteste les chasseurs. Tous.

Tuer n'est pas un sport. Si on permet de tuer des animaux, on permet de tuer des gens. Parce que les autres, des autres pays, ce sont souvent, aux yeux de certaines personnes, des sortes d'animaux. Ça donne des guerres. Et la chose dont j'ai le plus peur dans la vie, c'est la guerre. Yves me demande parfois pourquoi ça me terrorise puisque je ne l'ai jamais vécue. Moi, je lui dis qu'on n'est pas obligé de se couper un bras à la scie, à froid, pour savoir que ça fait mal.

On s'est tous retrouvés au magasin du zoo. Les dindes s'achetaient des niaiseries. Moi, je me suis offert un coton ouaté avec des orangs-outangs dessus et j'ai acheté un tigre en peluche pour Laurette. Et j'ai adopté un animal du zoo.

On paie un montant — évidemment petit si c'est une grenouille, astronomique si c'est un gorille — et on devient parent, tante, cousine, d'un animal et notre nom est gravé sur une plaque pour un an. En fait, on s'est mis ensemble et on a adopté un iguane. C'est Coco qui a choisi l'animal. Il n'en revenait pas qu'on soit d'accord, nous, le groupe sélect. Il était fier comme un paon. Mais pas mal moins beau.

Chapitre 7

Où Paulette atteint
un sommet

L'autobus nous a ramenés du zoo en fin d'après-midi. Jusqu'à l'heure du repas, les activités étaient libres. Frédéric et Isabelle se sont tout de suite mis à la recherche d'un endroit tranquille. Incidemment, ils ont décidé que cet endroit ne serait nul autre que la chambre d'Isabelle, c'est-à-dire ma chambre.

Ça ne me causait pas de problème, car j'avais envie d'explorer un peu le quartier. Claudine leur a donné sa bénédiction, optant pour les magasins autour.

Il ne restait que le cas de Marielle à régler. Qui est-ce qui en a hérité? Pascal! Parce que moi, j'ai essayé autant comme autant de la convaincre de ne pas aller regarder la télévision dans la chambre, ce qu'elle s'obstinait à vouloir faire. Au début, Pascal n'était pas d'accord:

— Je vous comprends bien, moi-même, je ne détesterais pas trouver une fille à embrasser et tout, mais de là à supporter Marielle, non!

Fébrile, Frédéric a insisté:

— Écoute, fais ça pour moi, un vieux chum, je te remettrai ça à Montréal, mes parents sortent souvent... N'importe quand, si tu as besoin d'un endroit tranquille...

— Bon, O.K. Mais qu'est-ce que tu veux que je fasse avec elle?

— Amène-la manger un cornet, boire un Pepsi, faire un tour de tramway, débrouille-toi!

Pascal est allé vers elle, lui a dit quelque chose qu'on n'a pas entendu parce qu'on était trop loin, mais on a vu distinctement Marielle rougir jusqu'aux oreilles et le suivre.

Frédéric et Isabelle sont partis, les yeux brillants. Ceux de Claudine aussi brillaient. En fait, tout le monde avait des étincelles dans les yeux sauf moi, évidemment.

J'ai demandé à Noël de venir se promener avec moi, mais il a préféré son ordinateur. Je déteste les ordinateurs. Je veux bien m'en servir à l'école, pour faire mes travaux, mais comme passe-temps, ça me sort par les oreilles. Je me suis donc sauvée juste avant que Coco m'offre de m'accompagner.

Et j'ai marché. Je dois dire que le sport, ce n'est pas tellement mon fort. J'aime nager et faire un peu de gymnastique au sol, mais les sports d'équipe, ça me tue. Moi, courir après un ballon, me fouler un doigt, me faire des poques partout pour marquer des points, je trouve ça franchement nono. Mais marcher, ça me plaît. Marcher et regarder.

J'ai l'impression d'avoir les yeux trop petits pour tout voir. Ma mère me dit toujours: «Tu ne vois pas que ta chambre est en désordre?» Mais ça n'a aucun rapport. Je m'en fous, moi, que ma chambre soit à l'envers: je n'ai pas besoin que mes chandails soient tous pliés pareil pour vivre.

Ma mère, elle, peut faire une crise de nerfs si j'ai le malheur de déplacer un bas dans son tiroir en fouillant pour lui emprunter quelque chose. Un peu maniaque. Des fois, j'ai l'impression que son désordre à elle, c'est dans sa tête.

Mais je ne devrais pas dire ça parce qu'elle n'est pas folle du tout. Juste un peu nerveuse, des fois. Il y a des moments, c'est simple, tout, mais absolument tout l'énerve. Dans ce temps-là, Yves lui demande si elle n'est pas menstruée, par hasard. Il cherche toujours une cause dans ce genre-là. Pas de danger qu'il demande juste si elle va bien ou non.

C'est comme Frédéric, tiens. Quand Isabelle est triste, il ne peut pas comprendre que parfois elle l'est sans raison, comme ça, parce qu'elle s'est levée triste ce matin-là. Pour les gars, il faut toujours une raison à tout. C'est fatigant. On dirait qu'ils passent plus de temps à chercher des raisons de faire quelque chose qu'à faire quelque chose.

Moi, je n'avais pas de raison particulière d'aller marcher, pas de but précis. Juste marcher.

De l'hôtel, j'avais 20 pas à faire pour me retrouver sur Yonge Street, la grande artère qui sépare la ville en deux, entre l'ouest et l'est. J'ai marché vers le sud, vers la gare toute proche, en longeant des immeubles en hauteur, en miroir qui nous reflètent. Je me demande si c'est pour qu'on se trouve beau ou laid.

Chaque fois que je m'aperçois, bon, je me regarde comme tout le monde, et je ne me trouve pas pire du tout. Mon problème, c'est que je ne sais pas comment les autres me trouvent. Peut-être que je suis mieux de ne pas le savoir.

Je suis entrée dans la gare, en vieilles pierres, en colonnes et tout, et j'ai regardé les boutiques, des revues, des journaux, rien d'intéressant. Je suis ressortie, puis je suis passée devant le Palais des congrès.

Là, même manège, je suis entrée par une extrémité, je l'ai traversé, c'est neuf, avec du tapis épais, exactement ce que ma mère voudrait pour le salon. Ce n'est pas croyable comment elle en parle souvent de son tapis. À croire qu'il y a juste ça d'important dans la vie, avoir un tapis! Ça doit être parce qu'elle est souvent à terre, ma mère.

Quand je pense à l'appartement que j'aurai, la dernière chose qui me vient à l'idée, c'est bien un tapis. En fait, je pense à plusieurs appartements, je n'arrive pas à choisir.

Je me vois partout à la fois, à Montréal,

en Chine, en Angleterre, ou même dans le Grand Nord, menant une expédition météorologique très importante, ou bien, étant une des rares survivantes d'une catastrophe nucléaire. Mais ce rêve-là ne dure pas longtemps parce que, je vous l'ai déjà dit, ça me fait peur. Alors, quand je pense à ce que je ferai plus tard, je n'y crois pas vraiment.

Parfois, ma mère me demande si je vais avoir des enfants. Je ne pense pas à ça, on verra quand j'aurai 30 ans, c'est-à-dire dans mille ans, quand je serai vieille, quand j'aurai fait le tour du monde huit fois. Si je me rends jusque-là, si la planète n'explose pas avant. Ou si elle étouffe, ou s'il n'y a plus d'animaux, de plantes, d'eau, de beaux gars, si tous les enfants qui naissent sont tous malformés, ou si on ne peut plus embrasser personne sans courir le risque d'attraper un microbe qui tue. Là, c'est sûr, je n'aurai pas d'enfant. Enfin, ma mère n'a vraiment pas à se préoccuper d'être grand-mère trop jeune.

Je suis ressortie et je me suis retrouvée au pied de la tour du CN. C'est prévu dans notre horaire. Mais, je ne sais pas pourquoi, j'ai eu envie de monter, c'était quelque chose d'irrésistible, comme une force. J'ai fouillé dans mes poches, j'ai payé et je suis montée.

Ma mère n'en serait pas revenue. Elle dit tout le temps: «Fais quelque chose, sors, bouge-toi un peu, va te promener.» Je l'énerve quand je ne fais rien.

C'est-à-dire quand je suis en train d'imaginer que, par exemple, je viens de sauver la vie à quelqu'un qui a fait une crise cardiaque en plein vol Montréal-Rome et que tout le monde m'admire et qu'un homme merveilleux est tombé amoureux de moi à cause de mon exploit et qu'il veut m'épouser, mais je refuse parce que la médecine a besoin de moi.

Donc, ma mère n'en aurait pas cru ses yeux de me voir décider d'aller visiter un monument sans qu'elle m'y oblige. Même qu'elle n'aurait pas aimé ça du tout savoir que je me promène seule dans une ville étrangère.

Des fois, elle pense encore que j'ai l'âge de Laurette, ma demi-soeur, à qui je ne dois pas oublier d'acheter un coton ouaté avec Toronto écrit dessus. Mais ce n'est pas sa faute, elle est un peu dépassée, c'est normal, à son âge.

58 secondes. 350 mètres de haut. Un million de touristes. Et tout le monde regarde en bas. Tout est petit, carré, bien dessiné. C'est comme ça que les oiseaux nous voient. Encore faut-il qu'ils nous regardent! Et il n'y a rien de moins sûr. On n'est pas intéressants pour eux. On ne doit pas l'être pour les extraterrestres non plus. À part moi.

J'aimerais ça me faire enlever par une soucoupe volante et expliquer à ses occupants ultra-intelligents qu'il y a pas mal de monde dangereux ici et qu'il faut faire quelque chose pour sauver la Terre. Et peut-être qu'en retour de mes explications brillantes, ils me ramèneraient, grâce à leurs pouvoirs, parfaite, super brillante, améliorée. Comme du savon à lessive.

Ici et là, on voit des arbres. D'ailleurs, l'endroit où il y en a le plus, c'est le quartier chic de Toronto, c'est écrit sur le plan. J'aurais mis ma main au feu! C'est comme ça aussi chez nous. C'est bizarre parce que les arbres, en fait, c'est gratuit. Les maisons aussi devraient être gratuites. Tout dans la vie devrait être gratuit. Ça ferait un paquet de problèmes de réglés. On ne parlerait plus d'économie, de commerce, d'actions, de bourse.

Tous les amis de ma mère et d'Yves jouent à la bourse. Ce sont les gens les plus ennuyeux que je connaisse. Et j'en connais pas mal de gens ennuyeux. En fait, presque tout le monde que je connais est ennuyeux. Environ 8 000. Je déteste au moins 8 000 personnes et particulièrement celles qui jouent à la bourse.

En bas, il y a plein de bateaux, des voiliers et tout, parce qu'on est sur le bord de l'eau, des Grands Lacs, «la plus grande étendue d'eau douce du monde». On nous l'a répété chaque année depuis que je vais à l'école, ça fait trois siècles au moins. Douce mon oeil! C'est complètement pollué! Les humains ont tout pollué avant que j'arrive. Il a fallu en jeter des cochonneries pour polluer une si grande étendue. On va tous mourir empoisonnés.

À ce moment-là, je crois que j'ai dû réfléchir à voix haute et dire: «Les pauvres poissons!» parce que quelqu'un juste à côté de moi a demandé: «Tu dis?» Je me suis retournée, rouge évidemment, tu as l'air un peu folle quand tu plains les poissons, comme ça, toute seule, et Laurent était là.

Avec un sourire qui m'a tuée.

J'ai rougi encore plus. J'avais l'air de Marielle, c'est tout dire.

— Tu trouves ça beau, toi? qu'il m'a demandé.

— Bien, oui, je ne sais pas...

— Moi, je trouve ça laid, les petites autos, les petites maisons, les petits bateaux.

— Oui, t'as raison, c'est pas mal laid.

— Est-ce que je peux t'offrir quelque chose?

Les deux bras m'en sont tombés, mais j'ai réussi à sortir une sorte de oui. Et même s'il trouve ça laid, ici, en haut de la tour, on s'est assis sur le bord de la fenêtre. J'ai commandé un café, je ne sais pas pourquoi, parce que je déteste ça.

J'ai regardé dehors, sans rien chercher particulièrement. Et je me suis dit: «Ça va faire, la niaiseuse. Regarde-le donc en pleine face! T'es gênée ou quoi? Si Claudine te voyait...» Alors, c'est ce que j'ai fait. Je l'ai détaillé du regard. Et c'est lui qui a détourné le sien et regardé le paysage qu'il trouve si laid.

Il est grand, beau, les yeux bruns avec de grands cils — ça me fait de l'effet, moi, des grands cils. Il a les cheveux bruns, raides. Et un chandail brun aussi. Même sa peau est brune. Je gage qu'il va au salon de bronzage. Et il a fait le voeu de porter juste du brun quand il était petit pour guérir d'une grave maladie.

Je n'ai jamais vu autant de brun ensemble. Une chance, ses dents ne sont pas brunes, mais bien blanches. Ça lui fait un beau sourire. Il est certainement pas mal plus vieux que moi, il a l'air mature.

— Quel âge as-tu? demande Laurent.

— Euh, 15 ans, toi?

— 18.

Là-dessus, il regarde dehors de nouveau. C'est fatigant, est-ce que j'ai un bouton sur le nez? J'en ai un dans le cou, mais il me semble que je l'ai bien caché...

— Tu as l'air un peu plus vieille, dit-il.

— Toi, t'as l'air pas mal plus vieux. Tu ne fais pas ton âge, je veux dire. Moi, je m'appelle Paulette: c'est laid, ça aussi, hein?

Je ne vois pas ce que ç'a de drôle, mais il a ri. Ça m'arrive souvent: chaque fois que je dis quelque chose de sérieux, il y a toujours quelqu'un pour pouffer de rire. Et s'il y a une chose que je déteste, c'est qu'on ne me prenne pas au sérieux.

— Tu t'es sauvée de ta classe?

— Non, on avait du temps libre. Et je ne sais pas pourquoi, je suis venue ici.

— Ah! C'est comme moi. Je n'avais pas l'intention de me retrouver ici, mais quelque chose de plus fort m'a attiré.

Il s'est tu. Ses beaux yeux sont tellement tristes. Une pause. J'ai cherché quelque chose à dire et tout ce que j'ai trouvé, c'est:

— Tu sais, je pense que la vue n'est pas si laide, en fin de compte. Ça dépend de quel côté tu regardes. Avec l'île, là, ça ressemble à une carte géographique, c'est beau. On n'a pas souvent ce point de vue-là.

— Oh! tu sais, on s'habitue vite.

— Tu montes souvent en haut des tours, toi?

— Non. Mais pour moi, il n'y a rien de surprenant là. Rien ne me surprend.

— Ah! Toi non plus?

Il m'a regardée avec un drôle d'air. Qu'est-ce que j'ai dit? J'exagère un peu, c'est certain, il y a des choses qui me surprennent. Vite, comme ça, je ne peux dire quoi, mais il y a certainement des occasions...

— As-tu déjà été amoureuse, Paulette?

Là, il m'a surprise.

— Moi? Euh, oui, euh, non! Bien, ça

dépend qu'est-ce qu'on entend par amoureuse. Dans ma tête, oui, souvent. Pour vrai, bof, non!

Ses yeux sont doux comme de la peau de bébé.

— Non? Pourquoi? Tu n'as jamais rencontré un gars qui t'as vraiment plu?

— Bien, non. Et... euh... je pense que je ne plais à personne. En tout cas, ce ne sont pas les déclarations d'amour qui m'occupent le plus, disons.

C'est la chose la plus épaisse que j'ai pu sortir dans ma vie. Je ne connais pas grand-chose en amour, mais assez pour savoir qu'on ne dit pas à un gars que les autres ne veulent rien savoir de nous. L'effet obtenu habituellement est qu'il te trouve soudain aussi intéressante qu'une vieille poche de thé qui a infusé pendant quatre heures.

— C'est bizarre. Ça m'étonne même parce que tu es très jolie.

J'aurais fondu sur place. Ce n'est pas dans nos habitudes, les compliments. Par exemple, je crois que je n'ai jamais entendu Frédéric en faire un à Isabelle. Ou bien il n'a rien à dire — dans ce cas-là, je me demande pourquoi il sort avec elle —, ou bien il est trop gêné — dans ce cas-là, je me demande pourquoi elle sort avec lui. Je n'entends jamais Yves en faire à ma mère non plus.

Ça m'a fait drôle, j'ai aimé ça. Et ça n'a pas eu l'air trop trop forçant pour Laurent. C'est fou comment les choses gentilles, ce sont souvent celles qu'on a le plus de misère à dire. Comme si on avait peur d'avoir l'air niaiseux. Mais quand on dit des choses méchantes, on a l'air bête.

Finalement, je crois que les gens préfèrent avoir l'air bête plutôt que gentil. Pourtant, ça les rend plus laids. Et puisque tout le monde dépense des fortunes en vêtements et tout pour être beau, je ne trouve pas ça tellement logique de choisir l'air bête. Mais si les gens étaient logiques, ils s'arrangeraient pour ne pas prendre le risque de tout faire sauter, y compris eux.

— Paulette?

J'étais repartie dans la lune, comme toujours. Ce n'était pas le moment. J'ai alors dit une chose gentille:

— Toi aussi, Laurent, tu es assez beau, merci!

C'était sérieux, c'était fatal: il s'est mis à rire encore une fois. Puis il s'est calmé.

— C'est bien gentil, Paulette. Mais, dis-moi, qu'est-ce que ça donne dans la vie d'être beau?

— Euh! je ne sais pas, mais ça ne peut pas nuire. Ça t'embête d'être beau?

— Non. Sauf que ça ne me donne rien non plus.

— Ah!

Et ça recommence. Il regarde un jogger courir sur le toit d'un édifice. Je trouve qu'il se donne des grands airs. Il est beau. Il me semble qu'il n'y a pas de quoi se plaindre, là.

— Excuse-moi, Paulette. J'ai l'air un peu ailleurs... Ça me fait plaisir de te parler. Je t'ai remarquée tout de suite, dans le train.

— ...

— As-tu quelque chose de prévu avec ta classe, ce soir?

— On est censés se promener dans le quartier chinois. Mais ça ne me tente pas du tout.

— Oh! tu dois y aller, c'est joli là, au moins.

Qu'est-ce qu'il pense? Entre passer la soirée avec lui ou avec des vieux Chinois! J'en ai déjà vu, des Chinois...

— Si tu as quelque chose à me pro-
poser...

— Non, Paulette. C'est prévu, alors je
ne veux pas te causer des problèmes.

— Des problèmes? Où ça, des problèmes?

— Non, non, laisse faire. Mais demain
soir?

— On n'a rien à l'horaire!

Je ne lui dirai certainement pas qu'on va
au cinéma super grand écran. Une folle! Je
vais même lui fixer rendez-vous.

— Juste à côté de l'hôtel, il y a un restaurant qui s'appelle *Out to Lunch*. Dix-
huit heures demain soir, d'accord?

— D'accord.

On a repris l'ascenseur, pour 58 secondes. On a marché jusqu'à l'hôtel, j'y
suis entrée, il a continué son chemin. Il m'a
serré la main. Voulez-vous bien me dire
d'où il sort?

Chapitre 8

Où Paulette tue le temps

On y est allés, dans le quartier chinois. Et Malof nous a bien fait marcher un bon 150 kilomètres et demi. Un petit bout sur Yonge, un grand bout sur Queen, puis on a monté University Avenue, une rue très large où Coco a eu la bonne idée de marcher sur ses lacets, encore une fois, et de s'étendre de tout son long en plein milieu de la rue.

Quand il s'est relevé, il y avait deux mains noires dessinées sur l'asphalte. Il fallait qu'elles soient noires, ses mains, pour qu'on les voit ainsi, le soir. En plus, Coco sentait la relish à plein nez. Ça nous changeait de la sueur.

Ensuite, on a tourné à gauche, sur Dundas, et on y est entrés dans ce maudit Chinatown qui, quant à moi, aurait pu exploser là que ça ne m'aurait pas dérangée tellement je voulais être ailleurs, où Laurent était, disons.

On en a vu, des légumes bizarres! Puis des vases, des paravents, des éventails, etc. Puis des cliniques d'acupuncture! D'ailleurs, ma mère elle-même va se faire planter des petites aiguilles partout, une fois par mois. Pour se relaxer. Je n'ai rien contre. Si elle se relaxe en jouant au pique-épingles, c'est son affaire.

Et des Chinois! Des Chinois partout! Je n'en avais jamais vu autant en même temps! Pascal dit que les Chinoises sont vraiment belles. Yves, qu'ils se ressemblent tous. Je ne trouve pas. Mais Yves ne regarde pas grand monde à part lui-même. En plus de ça, il dit que je suis égocentrique. Je lui ai déjà répondu qu'à mon âge, c'est normal, pas à 40 ans. Il ne m'en a jamais reparlé.

Dans la vitrine d'une boutique d'herbes, il y avait des abeilles séchées. Tu mets ça dans l'eau bouillante et tu bois. Coco, tout fier de son expérience du zoo, a insisté pour en adopter une. À côté, il y avait de la poudre, soi-disant pour le sexe. Isabelle a voulu en acheter à Frédéric, qui a répliqué, sans rire, qu'il n'en avait pas besoin.

Noël a passé des heures devant les bouliers et Claudine à dévisager tous les gars en bas de 20 ans. Marielle disait que les Chinoises sont belles, juste pour imiter Pascal — je ne sais pas ce qu'il lui a fait! — et moi, j'ai compté les minutes jusqu'à demain dix-huit heures. Il en reste exactement 1 260.

* * *

On a commencé ce matin par le Centre des sciences de Toronto. Et qu'est-ce qu'on a visité en premier? La salle des ordinateurs, entre toutes! Pas de quoi me faire oublier qu'il reste 500 minutes avant mon rendez-vous.

Noël était ravi. Il les a tous essayés, sans manquer de dire que c'était des ordinateurs pour enfants, pas intéressants pour lui qui connaît tout, jusqu'à ce que, ça tombait mal, au moment où je l'ai regardé faire, il a pris mille ans avant de comprendre comment fonctionnait celui devant lui. Il a même suggéré:

— Je pense qu'il est brisé, celui-là.

Le pire, c'est qu'il s'est cru! C'est bizarre. Entre eux, Frédéric, Pascal et Noël se racontent des histoires grosses comme la planète et ils se croient. Nous, quand on leur raconte quelque chose, tout de suite on a droit à un:

— Es-tu sûre de ça? Où t'as appris ça? Si tu ne t'en souviens pas, ça ne doit pas être vrai!

Une chance qu'ils sont drôles. Parce que, pour le reste, il sont vraiment bébés.

On a vu des locomotives, des modèles de bateaux, genre tout ce qui existe sur terre et plus, et enfin, on a abouti dans quelque chose que, moi, je trouve intéressant. Je ne dis pas que le reste ne l'était pas, non, chacun ses goûts, s'il y a des gens qui aiment ça passer des heures à regarder quelqu'un faire du papier artisanal, c'est bien de leurs affaires.

Non, moi, ce qui m'a intéressée, c'est le corps humain, les tests de réflexes, d'équilibre, de coordination, me faire dire que je suis normale, ou mieux que la normale. Les mauvais résultats, c'est évidemment parce que je ne comprenais pas les questions.

Plus loin de nous, dans la section Contraception, on entendait le groupe de dindes ricaner comme des poules qui ont mal à la gorge. On dirait qu'elles n'ont jamais rien vu. Ça se peut, remarquez. Elles sont tellement attardées que pour elles, MTS, ça doit vouloir dire: poste de radio ou quelque chose qui n'a aucun rapport.

Claudine, elle, s'est promenée sérieusement dans la section Accouchement et a passé une seule remarque:

— Il y a juste des bébés blancs, ici.

Elle a l'air de s'ennuyer pas mal, Claudine. Le problème avec elle, c'est qu'elle comprend toujours tout, tout de suite. Elle lit une explication une fois et voilà, pas besoin de plus. Elle comprend, retient, assimile, comme ça. Mais elle n'est pas curieuse. Ce qui fait qu'elle s'ennuie souvent. On dirait qu'elle a toujours envie d'être ailleurs.

Ma mère dit souvent: «Elle a la tête dans les nuages, ton amie. Le monde n'est pas fait pour les rêveurs.» Pauvre maman! Elle est tout sauf une rêveuse, elle. Puis le monde n'a pas l'air d'être fait pour elle non plus, puisqu'elle s'en plaint sans arrêt.

Avec raison, remarquez. Moi, je dis que le monde n'est fait pour personne, parce que les gens s'ennuient ou sont malheureux. Ça dépend sur quel continent ils sont nés. Ici, ils s'ennuient; pas parce qu'il n'y a rien à faire, mais parce qu'ils le font tout seul, pour la plupart. Même lorsqu'ils sont en groupe. Comme si les autres n'étaient là que pour faire les miroirs ou applaudir.

Quand on passe son temps avec des pareils à nous, c'est normal qu'on finisse par s'ennuyer. Et plus ça va, plus les gens se ressemblent tous. Plus les gens refusent la différence. Plus tard, moi, je serai une marginale, quelqu'un d'unique. On ne pourra même pas dire que j'ai une ressemblance avec qui que ce soit. Je déteste lorsqu'on me dit que je ressemble à quelqu'un.

Plus tard, tiens, je serai philosophe et j'aurai trouvé la clé de l'être humain et je saurai alors comment il faut vivre pour être bien partout sur la planète. Et je leur expliquerai tout d'abord que ça ne se fait pas de jeter de la nourriture quand tant de gens ont faim et que les lois économiques sont ce que l'humanité a inventé de pire.

Et tout le monde sera bien, ma mère,

Laurette, qui est bien en ce moment parce qu'elle est petite, et même Yves qui aura enfin abandonné la pub. Si une bombe ne fait pas tout exploser avant. Je déteste les bombes et ceux qui les fabriquent et qui les ont inventées et qui s'en servent. Ça fait un joli paquet de monde à détester en plus de ceux qui jouent à la bourse.

Coco a raté tous les tests. Il a même échoué celui des pulsations cardiaques: la machine est morte, une fois son tour arrivé. Noël s'est dépêché de lui lancer:

— On le savait donc que tu n'avais pas de coeur, mon Coco!

Étonnamment, Coco s'est mis à rire. Ce qui se passe dans sa tête sera toujours un mystère insoluble.

Frédéric et Isabelle sont montés ensemble sur la balance. C'est niaiseux un couple quand même. Ça me fait hésiter d'avoir un chum. Parce que la chose que je déteste le plus au monde, c'est d'avoir l'air niaiseuse.

Lorsque mes parents vivaient ensemble, ma mère traitait souvent mon père de niaiseux. Ce n'est sûrement pas drôle de vivre avec quelqu'un qu'on trouve épais. Moi, je ne l'ai jamais vu comme ça. Plate, ennuyeux, oui, mais pas niaiseux. Et plus ça allait, plus il l'était pour elle. Je ne sais pas si elle ne l'aimait plus parce qu'elle le trouvait niaiseux, ou si elle le trouvait niaiseux parce qu'elle ne l'aimait plus. Avec elle, c'est difficile à savoir.

Mais ce n'est rien à côté de mon père! Lui, quand il ne veut pas parler, il est comme une banque. Il ouvre la bouche pendant les heures ouvrables — et encore! — et après, il se met sur le guichet automatique: «Comment ça va à l'école? Qu'est-ce que tu veux manger, ce soir? À quelle heure tu te lèves demain?» Ça résume la conversation.

Il ne dit tellement rien que je n'ai pas de raisons de le haïr. Pas de raisons non plus de l'aimer particulièrement. C'est mon père. C'est tout.

On a mangé au Centre des sciences. J'aurais bien aimé des sandwiches bleus avec du poulet pressé par les Martiens et des frites de l'espace. Mais on a eu un repas équilibré à la place. Mme Lachance nous a expliqué ce qu'on avait dans nos assiettes: des glucides, des lipides et Noël a demandé:

— C'est pour ça que c'est insipide?

Ça lui a valu une bonne main d'applaudissements et même des félicitations de Malof pour son vocabulaire. Ensuite, on a pris l'autobus jusqu'au métro Eglinton et on a filé jusqu'à Union Station. Devinez où on allait? Eh oui! À la tour du CN! Pour ce qui est de me changer les idées, on n'aurait pas pu trouver pire.

Chapitre 9

Où c'est le temps
qui tue Paulette

J'ai beaucoup réfléchi à ma rencontre avec Laurent et je suis obligée d'admettre qu'il ne s'est pas passé grand-chose. Je n'en sais pas plus sur lui qu'avant. Sauf qu'il est un peu mystérieux. Ou bien il l'est pour le vrai, ou bien il se donne un genre. Ça se peut. C'est populaire, le genre mystérieux! Non. Laurent est mystérieux.

Qu'est-ce qu'il fait ici? Qui est-il? Et pourquoi est-ce qu'il m'a dit qu'il me trouvait jolie? Est-ce qu'il le pense vraiment? Et pourquoi moi? Il est peut-être en fuite. Poursuivi par la police? Est-ce qu'il a eu un coup de foudre? Les grands amours naissent comme ça: ils te tombent dessus et tu ne peux rien faire contre, c'est plus fort que toi, tu es attirée, tu es vaincue. Comme dans les films.

C'est comme ça que je l'imagine. Après? Après je ne sais pas: je n'imagine jamais plus loin. Sauf des heures et des heures de conversations douces. Sauf que si je me fie à ce que j'ai vu, les gars ne sont pas trop trop jasants. Sauf pour dire des niaiseries.

Mais je suis certaine que Laurent est différent! Je le sens. Tout à coup il m'embrasse? Il ne faut pas que j'oublie de me brosser les dents. Peut-être que non, que j'imagine. Est-ce que je pourrais passer ma vie avec quelqu'un comme Laurent? Est-ce qu'il pourrait m'aimer toujours? Et moi? Est-ce que je l'aimerais toujours? Mais d'abord, est-ce que je l'aime?

— Hé! Ho! Tu ne réponds pas quand on te parle?

Isabelle m'a demandé ça à cinq centimètres du nez.

— Qu'est-ce que tu as dit? Je n'ai pas entendu.

— J'ai dit que la vue d'ici est pas mal belle!

— Oh! On s'habitue, lui ai-je répondu.

Ils ont couru partout, énervés comme

toujours. Coco tenait absolument à prendre une photo de moi, sur la passerelle extérieure. Ça va être beau! Il ventait à jeter un gratte-ciel à terre et on gelait. Je gage qu'il n'y avait même pas de film dans son appareil photo qui a plutôt l'air d'un jouet pour les deux à quatre ans.

Un peu plus loin, Pascal essayait d'expliquer à Marielle, gentiment, qu'elle était pas mal collante en fin de compte. Mais je pense qu'elle a les oreilles collées aussi parce qu'elle a continué à le suivre comme un chien de poche. Noël, qui, en tant que grand ami de Pascal, ne supporte pas de le voir mal pris, a essayé d'attirer Marielle en lui proposant:

— O.K. on va compter les autos du stationnement en bas?

Ça n'a pas marché.

Claudine se promenait, les mains dans les poches, silencieuse. Elle était comme ça hier soir. Elle qui me fait toujours trois millions de confidences, elle n'avait rien à dire.

Elle m'écoutait lui raconter, sous les couvertures, pour ne pas que Marielle entende, ma rencontre avec Laurent. Elle est contente pour moi. Elle dit qu'elle s'est vite aperçue, dans le train, que ce n'était pas son genre. Je ne sais pas. Et si elle dit ça juste pour me faire plaisir? Peut-être qu'elle aurait voulu sortir avec lui ce soir? Non. Elle me l'aurait dit puisqu'on se dit toujours tout.

Yves me demande parfois qu'est-ce qu'on a tant à se raconter au téléphone, le soir, quand on s'est vues à l'école toute la journée. La dernière fois, je lui ai lancé: «Tu n'as pas de vrai ami, toi, tu ne peux pas comprendre.» S'il avait pu, il m'aurait étranglée. Mais c'est illégal.

Sur la passerelle, Isabelle donnait ses ordres à Frédéric.

— J'ai froid, passe-moi ton blouson.

— Oui mais, Isabelle, c'est moi qui vais geler.

— Puis après? Là, c'est moi qui gèle. Si tu me laisses geler, je casse.

— On peut rentrer.

— Non. C'est beau ici. Passe-moi ton blouson.

Elle l'a enfilé, l'a attaché, a regardé en bas 30 secondes et elle est rentrée. Elle lui a remis son blouson en lui disant que c'é-tait vraiment un super blouson. Il était tout content. Je vous jure que c'est important, le blouson! Pascal est pareil. Tu peux rire de ses pantalons, mais jamais de son blouson. Si tu veux avoir Pascal, tu as juste à lui dire:

— Tu as vraiment un beau blouson.

C'est fait. Moi, je ne lui dis pas, même si je trouve qu'il est super, son blouson, c'est vrai, parce qu'il ne m'intéresse pas. La seule personne qui m'intéresse, c'est Laurent.

Et l'AGO, l'Art Gallery of Ontario, ne m'intéressait pas une miette non plus. Mais Malof et Mme Lachance ont décidé qu'on y allait. Moi, j'ai protesté. La dernière chose dont j'avais envie, c'était bien d'aller me planter devant des tableaux, à me faire expliquer pourquoi je devrais aimer ça. Je déteste quand on veut m'expliquer pourquoi il faut aimer quelque chose.

Ce n'est pas que je haïsse la peinture, je n'ai pas de raison pour ça, à part le fait qu'Yves déclare parfois: «C'est donc triste comme les adolescents d'aujourd'hui sont incultes! Moi, à ton âge, je connaissais les impressionnistes, au moins!» Ça m'énerve. Et puis d'abord, je déteste qu'on me traite d'adolescente.

Ensuite, je m'en fous pas mal des impressionnistes. Je regarde souvent des livres d'art qu'Yves achète, mais qu'il ne feuillette jamais, ce que je trouve bizarre quand on pense au prix qu'il les paye. Et il y a beaucoup d'images là-dedans qui me plaisent énormément. Mais les écoles, les genres, ça ne m'intéresse pas.

C'est comme la musique. Je ne peux pas dire que j'adore le «heavy metal». Il y a des choses qui me plaisent et d'autres, non. C'est comme les gars. Je ne peux pas dire que j'aime les blonds. Il y a des blonds que j'aime, il y en a d'autres que je déteste. Finalement, je déteste les genres, les caté-gories.

Moi, par exemple, je ne peux pas sup-porter ça quand quelqu'un me dit: «T'es ce genre-là, toi.» Parce que ce n'est pas si simple. Moi, je suis un genre pas de genre, c'est ça mon genre.

On s'est donc retrouvés à l'AGO, en plein cœur du quartier chinois où on était hier soir. Et on a visité l'exposition des peintres canadiens. Avec un guide, s'il vous plaît. Ou bien Malof était fatigué de parler ou bien il ne connaît rien en peinture, un des deux. On a suivi un guide gay.

Ma mère répète souvent que la vie est

mal faite: chaque fois qu'un homme lui plaît, c'est toujours un homosexuel. Dans ce contexte-là, Yves doit être un deuxième choix. Moi, je deviendrais probablement lesbienne avant de choisir un gars comme Yves.

Et si je suis comme ma mère? Et si je ne suis attirée que par les gay? Et si Laurent en est un? Non! J'espère que non! Il n'aurait pas couru après moi. Mais peut-être que oui et qu'il veut juste être mon ami.

Ma mère a un ami, André, qui est gay. Ce sont les meilleurs amis du monde. Elle va manger avec lui une fois par mois. Je ne sais pas ce qu'ils mangent, mais ça dure cinq ou six heures minimum. Ils placotent «contre les hommes» qu'elle dit. Ç'a l'air de lui faire pas mal de bien parce qu'elle revient toujours de bonne humeur.

Il reste 120 minutes.

On en a vu, des tableaux! Et je dois dire que ça fait passer le temps. Surtout que certains étaient vraiment beaux. Je ne serai jamais un grand peintre. Je ne sais pas dessiner. À moins que j'aie un accident qui me plonge dans un coma profond pour plusieurs mois et que je me réveille, changée, avec un talent nouveau qui était quelque part caché à l'intérieur de mon cerveau et qui, enfin, à cause du coma, apparaît. Et je peindrai alors quelque chose de très beau, de génial, quelque chose qui rendrait contente toute personne qui la regarderait.

Quelque chose qui ressemblerait à la reproduction que j'ai achetée à la boutique de la galerie. Je fouillais, comme ça, et puis je suis tombée sur une image. Une image qui m'a remuée en dedans. C'est vrai que je suis déjà pas mal énervée à cause de mon rendez-vous qui approche, mais quand même: je l'ai aimée, cette image-là.

Attends que je dise ça à Yves, il ne me croira pas. Il pense qu'il y a juste lui qui est remué par la peinture. C'est une femme qui surveille un bébé endormi dans un berceau blanc. Ça s'appelle *Le Berceau* et c'est signé Berthe Morisot. Et vous ne savez pas le pire: c'est une impressionniste!

Chapitre 10

Le rendez-vous: 1er acte

Malof a accepté tout de suite mon excuse. Je lui ai dit que j'avais un mal de ventre horrible parce que j'étais menstruée. Que donc, je n'allais pas au film. C'est la seule excuse qu'un prof homme ne met pas en doute. Il ne peut quand même pas te demander des preuves.

Et puis, il n'avait pas l'air ennuyé que je ne sois pas là. Je pense même que des fois, je lui tombe pas mal sur les nerfs parce que je discute tout le temps, je n'ai jamais envie d'aller où il nous emmène.

Finalement, ce qu'on a fait jusqu'à maintenant m'a plu, c'est sûr. Mais ce n'est pas une raison pour ne pas dire ce que je pense au départ. Au moins, moi, je le dis. Ce n'est pas comme plusieurs autres que je connais. Je déteste les hypocrites.

Je suis arrivée au *Out to Lunch* à dix-huit heures pile. J'étais là un bon dix minutes d'avance, mais j'ai fait le tour du bloc. Il ne faut pas se montrer trop intéressée la première fois. C'est mieux de se montrer un peu indépendante. Alors, je suis entrée à l'heure juste. Il n'était pas là. J'ai donc fait le tour du bloc pour rien.

Je me suis assise. J'avais faim. J'ai regardé le menu imprimé sur le napperon en papier: c'était cher pour mes moyens. Un serveur est venu.

— Hi! What can I bring you?

— Quoi? Euh, what??

Il a répété. Je n'ai rien compris et j'ai dit:

— Oh! Not today.

Il a fait un drôle d'air.

— Well. To sit here you have to order something.

— Oh! Thank you.

Il reste là à attendre je ne sais pas quoi, puisque je ne comprends pas. Il m'énerve. Pourquoi est-ce que Laurent n'arrive pas? Et s'il ne peut pas venir? Et s'il n'a pas eu le temps de m'avertir? Ou peut-être qu'il ne veut plus me voir? Mais pourquoi? Qu'est-ce que je lui ai fait? Et qu'est-ce que je lui dis au grand, là?

— One coffee, please.

Bon. Débarrassée. Vous vous demandez pourquoi j'ai pris ça, puisque je déteste le café. C'est juste que c'est facile à dire en anglais. Zéro virgule cinq secondes après, il était là, le café. Brun foncé, comme le chandail que portait Laurent hier.

— Allô Paulette!

J'ai sursauté et échappé mon contenant de crème 10 % dans la tasse. Il s'est assis, a dit qu'il avait faim, j'ai répondu que moi, pas vraiment. Il m'a regardée et m'a dit qu'il m'offrait à manger. Est-ce que c'est ça, l'amour? Savoir lire dans les pensées de l'autre? Savoir qu'il raconte des mensonges quand il dit qu'il n'a pas faim? Savoir que c'est seulement parce qu'il manque d'argent?

J'ai pris un hamburger, entre nous, pas mal cher. C'était comme n'importe quel hamburger, sauf qu'il n'était pas fait, il était ouvert, avec des tomates, de la salade et des affaires tout autour. Ça coûte plus cher qu'ailleurs et il faut le faire soi-même en plus. Je l'ai dit à Laurent. J'ai eu l'air assez épaisse, merci! J'ai donc changé de sujet et je lui ai carrément demandé:

— Qu'est-ce que tu fais dans la vie, toi? Est-ce que tu étudies ou est-ce que tu travailles?

— J'étudie. Enfin, je suis censé étudier. Je devrais être plongé dans mes notes de cours, car j'ai de gros examens qui s'en viennent. J'en avais même un ce matin. Statistiques.

— Ce matin! Tu l'as manqué!

— Oui. Et je n'irai pas aux autres. Ni à l'université en septembre.

J'ai pensé, tout de suite: «Dis-moi pas qu'il est atteint d'une maladie incurable!» Et j'ai demandé:

— Es-tu malade?

Il a hésité.

— Oui, c'est une sorte de maladie, finalement.

Encore du mystère. Mais tout de suite il m'a fait le plus beau sourire que j'ai vu sur la terre. Ça m'a coupé la parole. Est-ce que c'est ça, l'amour? Avoir la parole coupée devant le sourire de quelqu'un?

Il m'a demandé de lui raconter ma journée. Alors, je lui ai parlé de tout. Du Centre des sciences, du métro, de la tour visitée encore une fois, de l'appareil photo-jouet de Coco, du blouson de Frédéric, de l'ami gay de ma mère, des impressionnistes, des dindes, de Laurette, de l'ordinateur de Noël, du succès de Pascal, du métier d'Yves, de tout sur ma mère, et de comment Claudine est adorable même s'il ne lui a pas demandé de sortir avec lui.

J'ai parlé, parlé, parlé, parlé tellement vite qu'il avait de la difficulté à suivre. J'ai bafouillé pas mal. À la vitesse à laquelle je parlais, j'ai dû sauter une syllabe sur deux. Est-ce que c'est ça, l'amour, se mêler dans ses mots quand on parle à quelqu'un qui nous fait de l'effet?

J'ai à peine mangé. J'ai déjà lu quelque part que l'amour coupe l'appétit. Pour que moi, je saute presque un repas, il faut que je sois drôlement à l'envers! Car même lorsque je suis triste, je me défonce l'estomac.

Claudine dit que la seule chose qui la rende vraiment malheureuse, qui lui donne envie de pleurer, c'est l'amour. Pour une rare fois, elle pense exactement comme ma mère: sa vie tourne autour de l'amour qu'elle a ou de l'amour qui lui manque.

Je parlais et je pensais à elles en même

temps, s'il est possible de penser quand quelqu'un en face de vous a pesé sur un bouton *on* caché dans votre coeur et que vous vous faites aller comme une queue de veau à pile. J'ai raconté ma vie à Laurent et ce n'est qu'au moment de payer que je me suis rendu compte que je ne lui avais pas laissé une seconde pour me parler de la sienne.

On est sortis du restaurant et on a commencé à marcher le long de la rue Yonge, vers le nord. À chaque coin de rue, il y avait un peu plus de monde. Sur Dundas, il y avait plein de monde. Trop à mon goût. Ce n'est pas que je n'aime pas les foules. Même que normalement, avec Claudine, on se serait éclatées ici. Mais 20 millions de jeunes avec des blousons de cuir à franges, ce n'est vraiment pas ma conception d'un endroit romantique.

Laurent pensait la même chose que moi, je crois, parce qu'il a changé de direction. On s'est retrouvés en face de l'hôtel de ville, dans un parc, tout seuls, sur un banc.

Chapitre 11

Le rendez-vous: 2e acte

On était côte à côte, mon épaule touchait la sienne. Enfin, pas tout à fait — je suis plus petite —, disons, touchait ses biceps. Plutôt le gras des bras. Enfin, vous voyez ce que je veux dire. J'en étais toute mal. Il y avait comme un aimant. Je pensais: «Il va me prendre la main, au moins! Sinon, qu'est-ce que je fais? Je la lui prends, moi, ou non?» J'en avais des frissons.

— Tu as froid, Paulette?

— Non, euh, oui, un peu.

Je pensais: «Il va mettre son bras autour de moi, quelque chose du genre.» Bien non! Il a retiré son chandail et l'a mis sur mes épaules! On le dirait sorti des années 60! Mais j'avais quand même de la chance: j'avais les mains mauves! Soit que j'avais vraiment froid, soit que mon sang ne savait plus comment circuler tellement j'étais énervée.

Il s'en est aperçu. Alors, il les a prises dans les siennes. Elles étaient chaudes, si chaudes que la chaleur s'est propagée dans mon corps, jusqu'à mes oreilles. J'ai arrêté de respirer. Est-ce que c'est ça, l'amour, arrêter de respirer à cause de quelqu'un? J'ai même dû commencer à virer bleue parce que j'ai entendu:

— Paulette! Paulette! Yoo-hoo?

Je pense que j'avais perdu connaissance les yeux ouverts.

— Quoi?

— Je disais que j'allais t'expliquer pourquoi je suis ici.

Vous vous rendez compte? Il allait m'ouvrir son coeur, me raconter sa vie, me faire partager ses secrets, me laisser pénétrer dans son intimité et tout ce que j'avais trouvé à faire, c'était de devenir une zombie! Il a lâché mes mains, s'est penché un peu en avant, a regardé ses souliers, des souliers de suède, bruns, évidemment.

Puis:

— J'espère que tu ne m'en voudras pas trop de te dire ça: mais, je suis arrivé ici avec l'idée... de... de... comment t'expliquer? L'idée de tout lâcher, de tout quitter, de ne plus revenir...

Il m'a regardée droit dans les yeux.

— Avec l'idée de me suicider. Voilà, c'est dit.

— Quoi?!!! Eh! Oh! Une minute, là. De quoi tu parles?

— Tu sais, je t'ai demandé si tu avais déjà été amoureuse?

— Oui, hier. Quel rapport?

— Tu m'as répondu non. Mais moi, oui.

J'ai reçu ça comme une tonne de briques. Il me parlait évidemment d'une autre. Et moi qui m'étais imaginé... Il hésitait et il est devenu tout petit. C'est bizarre parce que c'est moi, tout à coup, qui avais l'air d'avoir deux mètres.

— Elle s'appelle Anne-Marie. On était dans le même cours d'anglais. Elle a de beaux cheveux roux bouclés; c'est une permanente, mais quand même. Un jour, l'automne dernier, on marchait dans l'herbe, à la sortie d'un cours. Elle s'est penchée pour ramasser une feuille d'érable, orangée.

C'est à ce moment-là que je suis tombé amoureux d'elle. Je ne sais pas. C'est quelque chose dans son cou, dans ses cheveux attachés, dans sa main tendue, qui m'a pris au coeur.

Laurent s'est arrêté un instant, m'a regardée. Comme s'il savait qu'il me blessait déjà en me parlant de son amour pour une autre. Puis, dans un soupir, il a poursuivi:

— À partir de ce moment-là, j'ai pensé à Anne-Marie tout le temps. Je rêvais à elle au lieu d'étudier, j'allais marcher avec elle le samedi matin au lieu de dormir, je me demandais sans arrêt: «Qu'est-ce qu'elle fait en ce moment?» On est devenus inséparables très vite. Et on a tout appris ensemble. Je me suis trouvé un travail de fin de semaine pour pouvoir lui offrir des cadeaux, sortir. Rien n'était plus important qu'elle. Et Anne-Marie m'aimait aussi. Et j'étais sûr que ça durerait toujours.

Il s'est tu. On entendait la circulation et les klaxons provenant des grandes artères autour. Un couple est passé tellement collé qu'on aurait juré des siamois. Je n'avais plus froid. Et j'avais oublié, presque, que mon amour à moi venait de s'écrouler.

Mon amour, c'est vite dit, parce que, en

fin de compte, il n'avait jamais commencé. J'étais déçue, car Laurent m'a fait croire à une histoire avec ses mystères. Mais pas fâchée au point de le laisser tomber, lui et ses malheurs. Mais pourquoi est-ce qu'il me raconte ça à moi?

— Je ne sais pas pourquoi je te parle comme ça. Quand je t'ai vue dans le train, j'ai été certain que si je parlais de cette histoire à une seule personne, ce serait à toi.

Paulette, la bonne oreille. Je connais ça. Tout le monde me raconte ses problèmes. Et moi, je ne dis rien. Ça doit être pour ça qu'on vient me voir, parce que je me tais. Ma mère serait étonnée de savoir comme j'écoute bien. Elle répète toujours que je n'écoute pas. Il faut juste me dire autre chose que des stupidités, c'est simple.

— C'est horrible de se rendre compte que ça ne dure pas toujours, l'amour. Que rien ne dure toujours. Et c'est pour ça, entre autres, que, pour moi, la vie est devenue sans intérêt. Parce que tout finit.

— Écoute, Laurent, tu ne peux pas dire que la vie est sans intérêt juste parce que tu as une peine d'amour!

— Juste?

— Oui bon, je sais, ça fait mal. Ça doit

faire très mal. Mais il reste l'avenir, les amis...

— L'avenir? Quel avenir? Tu y crois, toi? Qu'est-ce qui nous reste? On ne peut même plus se promener à la campagne sans risquer d'être malade. On ne sait plus si ce qu'il y a sous nos pieds est poison ou non. La moitié du monde crève de faim. Et nous, on ne peut rien y faire. Mes parents, mes profs, mes amis, tout le monde ne pense qu'à ramasser le plus d'argent possible, qu'à acheter la plus grosse maison possible.

Je suis tout à fait d'accord avec lui. Et il a continué:

— Les gens se méfient les uns des autres, se détestent, s'accrochent à leurs petits emplois, il n'y en a pas un qui ne plie devant le pouvoir. Et c'est ça qu'on devra faire nous aussi, ramper, se faire piler dessus et écraser à notre tour. C'est plein de coeurs secs, partout. Et quand on a le coeur sec, il n'y a plus d'espoir.

— Mais ce n'est pas tout le monde qui est comme ça!

— Non, c'est vrai. Peut-être pas toi, Paulette, tu t'émerveilles de tout, c'est déjà ça, c'est beaucoup plus que la plupart des gens.

— Moi??? Mais je déteste absolument tout!

— Mais non! À la façon dont tu m'as raconté ta journée, tu as eu l'air de t'amuser beaucoup. Ce n'est pas comme moi. Je ne m'intéresse plus à rien, Paulette. Je me sens impuissant, inutile et je ne m'amuse plus. Je ne peux plus m'amuser parce que, moi aussi, j'ai le coeur sec. C'est ça aussi qui est dramatique.

— Mais, Laurent, tu ne peux pas dire ça!

— Je vais couler mon année. Je m'en fous. Et puis, j'étudierais pourquoi? Pour qui?

— Tu ne sais jamais ce qui t'attend plus tard.

— Il n'y a pas de plus tard. Tout va sauter.

— Ça, ce n'est pas vrai! Quand je serai présidente, je...

— Quoi?

— Rien. Écoute, Laurent, c'est vrai qu'il ne nous reste pas grand-chose. Mais si tu lâches, si on lâche tous, il ne nous restera rien. C'est à nous de changer le monde.

— Tu ne comprends pas, Paulette. Je n'ai même plus envie de changer le monde! L'histoire avec Anne-Marie m'a appris beaucoup.

— J'imagine que pour toi c'est très dur. Mais Anne-Marie, je ne sais pas, moi, je ne la connais pas, c'est peut-être mieux comme ça. Tu as seulement 18 ans. Ma mère est bien retombée en amour total avec Yves à 34 ans! Remarque que je ne comprends pas pourquoi, mais ce n'est pas là le problème.

— Tu es tellement vivante, toi, Paulette. Moi, je suis mort en dedans. Alors, je me dis, pourquoi pas physiquement aussi?

— Voyons donc! Je sais qu'on voit ça partout dans les films ou les histoires, mais dans la réalité, tu ne peux pas te suicider parce que quelqu'un t'a laissé tomber!

— Qui t'a dit ça?

— Dit quoi?

— Qu'Anne-Marie m'a laissé?

— Bien toi, je suppose.

— Non. Je ne peux pas t'avoir dit ça. Parce qu'Anne-Marie ne m'a pas laissé. C'est moi.

— Une minute là, je ne te suis plus. Tu veux te suicider parce que tu as laissé une fille que tu aimes!

— Non. Je ne l'aime plus. C'est ça aussi

que je veux dire quand je parle de coeur sec. Si je n'aime plus Anne-Marie, je suis certain de ne plus pouvoir aimer quelqu'un d'autre, ou même le monde.

S'ils n'avaient pas été accrochés à mon corps, mes deux bras seraient tombés à terre.

— Tu vois, je n'aime plus Anne-Marie. Et je ne peux pas lui dire. Je vais lui faire tellement de peine! Et je ne veux pas qu'elle soit malheureuse.

— Tu penses qu'en te jetant du haut de la tour du CN tu vas lui faire plaisir?

— Non, mais...

— Tu veux que je te dise: tu es vraiment lâche!

C'est sorti tout seul. Je ne voulais pas. Je n'ai même pas pensé avant de parler. Ça m'arrive souvent de parler avant de penser. J'ai fermé les yeux et serré les dents, comme si je pouvais rattraper ce que je venais de dire. Mais à bien y penser, finalement, je le pensais sans y avoir vraiment pensé.

C'était fou de sortir une chose pareille, puisque la situation était changée et qu'il y avait peut-être un petit espoir pour moi quelque part. Mais bon, c'était dit. Et puis, je n'étais pas pour faire comme lui et ne pas dire ce que je pensais. Je déteste les gens qui ne disent pas ce qu'ils pensent sous prétexte qu'ils ne veulent pas faire de peine. Qui ont peur. Et qui se taisent. Car c'est ce qu'il a fait. Il a arrêté de parler. Alors, moi, j'ai continué.

— Bien, c'est ça, Laurent chose, je ne sais même pas ton nom de famille, tais-toi, ne dis rien, souffre donc, puis va te jeter devant un tramway. Pour qui tu te prends? Es-tu si sûr que ça que ton Anne-Marie aura tant de peine que ça? Je gage que tu t'imagines qu'elle ne s'est aperçue de rien à part ça! Prends-tu les filles pour des tartes?

Et là, si j'en avais eu, une tarte, je lui aurais écrasée en pleine figure.

— Bien je vais te dire une chose: si tu es pour agir comme ça, te suicider chaque fois que tu as quelque chose à dire de gros, d'important, bien vas-y donc te faire écraser dans le métro. Il n'y a personne qui va s'ennuyer de toi, sauf ta mère. Si tu en as une. Puis laisse faire, je suis capable de m'en retourner toute seule, je connais le chemin.

En passant près de lui, je lui ai tendu son chandail.

— Tiens, si tu te jettes dans le lac, tu vas avoir froid.

Chapitre 12

Où on retrouve
tout le monde à l'hôtel

Il n'a rien dit.

J'ai marché très vite en refaisant le chemin en sens contraire. Mon coeur battait assez fort que je ne l'entendais même pas dans la foule. Ça m'enrage quand même! Si Frédéric faisait ça à Isabelle, je l'étranglerais avant qu'il se suicide!

La même chose pour Isabelle. Mais ça ne devrait pas arriver parce que Isabelle est toujours en train de poser mille questions à Frédéric. Elle l'oblige à répondre, ce qui fait qu'elle n'aura pas de surprise de ce genre-là. Et Frédéric s'est fait à l'idée. Même que maintenant, il dit ce qu'il pense, sur leur relation je veux dire, avant qu'elle le demande. Remarquez que ça ne les empêche pas de se chicaner. Mais ça ne dure pas.

Plus j'avançais, moins il y avait de monde. Et plus j'étais choquée de l'attitude de Laurent. Peut-être parce que je ne le connais pas bien. Les gestes extrêmes, on les accepte chez nos amis proches; on les trouve toujours exagérés chez les étrangers. Moi, en tout cas. Les deux derniers coins de rue, je les ai faits en courant. Et quand j'ai mis le pied dans l'entrée de l'hôtel:

— Ah te voilà, toi! Veux-tu me dire où tu étais? a presque crié Malof. Il n'avait pas l'air de trop bonne humeur.

— Et Claudine? Elle est avec toi?

— Non. Je ne l'ai pas vue...

— Je vais vous en faire, moi, des voyages, encore! Écoute, Paulette, on va régler ton cas plus tard.

— Je n'ai rien fait de mal, je...

— Bon. Toi qui connais bien Claudine, où est-ce qu'elle peut être allée?

— Euh... En passant dans la rue Yonge, je me suis dit que c'est un endroit qu'on aimerait toutes les deux...

— La rue Yonge! Sûr! La plus longue

rue du monde. Bon. Ça ne donnera rien, mais j'y vais. Que je n'en voie pas un sortir d'ici. Mme Lachance vous a à l'oeil!

Frédéric et Isabelle étaient calés dans un fauteuil. Noël comptait les tuiles du plafond. Pascal se peignait. Marielle pleurait. Et Coco était allongé: il avait l'air d'un cadavre de quatre jours. Je me suis approchée.

— Qu'est-ce qu'il a? Il est mort?

— Presque. Soûl mort, a répondu Frédéric.

— Ah bon?!!

— Il a bu un bon trois quarts de litre de gros gin qu'il avait dans sa valise.

— Et vous autres? Qu'est-ce que vous faites tous ici?

C'est là que j'ai appris pourquoi Malof avait perdu sa patience légendaire. D'abord Coco soûl mort. Il l'a trouvé sans connaissance dans l'ascenseur. Ensuite, Pascal dans la chambre des deux Allemandes. C'est Marielle, la jalouse, je ne sais vraiment pas ce qu'il lui a fait, qui est allée le rapporter à Malof.

Noël, pas chanceux, a été surpris par Mme Lachance en train de marchander, dans la rue, du matériel électronique volé.

Claudine n'a pas reparu depuis le repas. Il n'y a que Frédéric et Isabelle qui sont restés sagement à regarder la télé. Entre tous.

— Vous n'êtes pas allés au cinéma?

— Non. Malof a eu une crise de «va-vite», dit Isabelle en se mettant à rire. Et toi?

— Bof! Je me suis promenée.

— Toute seule...? Dans son ton, c'était évident qu'Isabelle ne me croyait pas.

— Oui, euh...

C'est à ce moment-là que Claudine est arrivée. Suivie de deux policiers.

Mme Lachance était sur le gros nerf. Elle s'est entretenue avec eux en anglais, avec un accent épouvantable d'ailleurs. De son côté, Claudine n'avait pas l'air énervée le moins du monde. C'est elle, ça. C'est la fille la plus calme que je connaisse.

Lorsqu'une catastrophe arrive, elle est toujours la seule à ne pas paniquer. Quand il m'arrive à moi, une catastrophe, elle sait toujours quoi me dire pour me calmer, me rassurer, me convaincre que la situation n'est pas si dramatique. Elle, on dirait qu'elle n'a besoin de personne pour ça. Mais je suis là, au cas où.

Claudine avait le fou rire et elle avait de

la difficulté à se retenir. Mme Lachance parlementait encore avec les policiers et Claudine nous faisait des saluts, des révérences, faisait semblant de se pendre. Les policiers se sont enfin dirigés vers la sortie.

— Tu es fière de toi, je suppose? a dit Mme Lachance sur un ton qui se voulait menaçant. Mais personne n'a peur de Mme Lachance.

— Je ne vois pas où il y a du mal à aller danser. Ce n'est pas ma faute si j'ai justement choisi l'endroit où il y a eu une descente de police, a répondu Claudine.

C'est bien elle. Malchanceuse! D'un autre côté, c'était mieux comme ça parce que si Malof ne l'avait pas trouvée à l'hôtel à son retour, on aurait eu un autre suicide sur les bras.

On a parlé toute la nuit. Isabelle est venue nous rejoindre dans notre lit et on a empêché Marielle de dormir avec nos éclats de rire. C'est tant pis pour elle: elle avait juste à ne pas jouer les porte-paniers. On s'est endormies au lever du jour, le dernier ici, à Toronto.

J'ai rêvé à Laurent. Il me tendait la main, j'essayais de l'attraper, mais plus je faisais un effort pour m'approcher, plus j'échouais. En m'ouvrant les yeux, je me suis demandé si c'était son dernier jour, à lui aussi. Son dernier jour sur terre.

J'ai essayé de me convaincre que son suicide, c'était certainement une façon de parler. Même moi, j'y pense, quand le monde, la planète me décourage. Mais de là à le faire! Et si je n'ai pas bien compris Laurent? Je lui ai laissé tellement peu de temps pour s'expliquer...

Chapitre 13

Où les heures s'écoulent et le reste aussi

Il a fallu une grue pour nous sortir du lit. Je me suis douchée les yeux fermés, ce que je fais d'habitude à cause du savon, mais ce matin, c'était avec le dodo en plus. J'ai même dû prendre une heure pour m'enlever mes «morceaux de matin» collés au coin des yeux.

On a fini par descendre déjeuner. Tout le monde avait terminé, bien entendu, sauf Coco qui restait immobile devant son bol de gruau, le teint étrangement vert.

Malof avait retrouvé une certaine bonne humeur et en le voyant, j'ai pensé qu'il n'avait toujours pas réglé mon cas, comme il a dit hier soir. On ne l'a pas vu rentrer.

Mais je n'ose pas lui demander jusqu'à quelle heure il a cherché Claudine.

C'est en mangeant mes Corn Flakes que j'ai commencé à me sentir vraiment coupable. Finalement, Laurent cherchait à se confier, je crois. Peut-être qu'il demandait mon aide, c'est tout. Et moi, je l'ai engueulé comme du poisson pourri. Ma mère répète toujours que je suis trop prompte. Mais s'il y a une chose que je déteste, c'est bien quelqu'un qui ne réagit pas.

N'empêche. Il était là à me parler du monde qui se meurt et de son désespoir, et moi, je lui fais une sortie parce qu'il a peur de parler à son Anne-Marie. Quoique les deux ont un certain rapport, je pense. Si les gens se parlaient, il y aurait moins de malentendus. J'ai tellement entendu ma mère faire des suppositions sur ce que, par exemple, Yves peut penser. Moi, je lui dis: «Demande-lui!» Et souvent, elle s'aperçoit qu'elle a imaginé bien pire que la réalité.

Donc, s'il y avait moins de malentendus, les relations avec les autres seraient meilleures. Alors, nécessairement, on serait plus heureux, donc, plus sûrs de nous, plus confiants, moins timides, moins désespérés, plus forts et on ne se gênerait pas pour leur dire que leur monde pourri, on n'en veut plus et qu'on va le changer.

Bon, d'accord, je suis nulle en logique. Mais je déteste la logique de toute façon. Yves dit toujours que c'est cette faculté de penser, cette logique, qui nous distingue des animaux. Je suis tout à fait d'accord avec lui pour une fois. À mon avis, c'est même une preuve irréfutable qu'ils sont supérieurs à nous.

En bouclant nos valises, Claudine m'a dit de ne pas m'en faire pour Laurent. C'est facile pour elle, elle ne s'en fait jamais. J'ai arpenté les corridors, attendu dans le hall, regardé dehors, aucun signe de lui. Et nous sommes partis au Royal Ontario Museum.

Malof nous a collés comme une sangsue tellement il avait peur qu'on se sauve. Je suis passée à travers la caverne des chauves-souris sans les voir. Même chose pour les animaux empaillés. Après tout, je les ai vus bien vivants au zoo et je les aime mieux comme ça.

Je me suis un peu intéressée à la section chinoise; il y avait des meubles, des vêtements qui nous changeaient des lampes en papier. J'ai vu des momies, des armures, des épées, des bijoux, des tombeaux, des rouleaux de parchemin, des dinosaures et des chaussures vieilles de 2 000 ans. J'en ai vu tellement que ça m'a un peu changé les idées.

Je me dis qu'un jour je reviendrai, quand je serai plus en forme, ou quand je serai devenue professeur d'archéologie à l'Université de Toronto. Mais je vais laisser tomber les pots. Trop de petits pots pour moi dans les musées.

Parlant de pots, Coco a vomi dans un vase chinois. Malof, contre toute attente, s'est mis à rire. Je pense que c'était une sorte de crise de nerfs. Il a arrangé l'affaire avec le personnel du musée, une dame qui a tenu à tout nettoyer elle-même. Je dois dire que personne n'a insisté pour le faire.

Normalement, cet après-midi, on aurait eu deux heures libres pour faire des achats, se promener. Mais Malof a décidé que le temps libre, on l'avait eu la veille. Il nous a promenés au Parlement et nous a fait marcher jusqu'à l'hôtel. Deux cents kilomètres au moins. Nous avons ramassé nos bagages et à seize heures, on montait dans le train.

J'avais espéré voir Laurent. Un, il ne veut pas avouer à son amie qu'il ne l'aime plus, deux, il ne me laisse même pas une note pour me dire s'il va se suicider ou non. Jusqu'à maintenant, je dois admettre que je n'ai pas cru qu'il le ferait. À cette minute, je pense que peut-être...

— Hé là! Pourquoi tu pleures, Paulette? me demande Claudine.

Ça coule et ça ne peut pas s'arrêter. Le train s'est mis en branle et les édifices sont tout flous à travers mes larmes. Les dindes ont déjà commencé à ricaner comme des hyènes qui ont mal aux dents. Noël et Pascal ont sorti l'ordinateur. À côté de Frédéric et Isabelle, il y a une femme qui écrit dans un grand cahier. J'ai entendu Isabelle chuchoter:

— Tu vois, Frédéric, je te gage que c'est une écrivaine et qu'elle va noter toutes les niaiseries que tu vas dire jusqu'à Montréal.

Quant à Coco, il était déjà enfermé aux toilettes. Claudine a fouillé dans son sac, en a sorti une enveloppe.

— Tiens, Paulette, c'est pour toi. Ça vient de Laurent.

J'ai voulu la prendre, mais elle l'a éloignée:

— Il m'a fait jurer de te la remettre seulement en arrivant à Montréal. Mais je n'aime pas te voir comme ça... Alors, tu dois me promettre une chose: tu la liras seulement rendue chez toi. Promis?

— Promis! Mais quand est-ce qu'il t'a remis cette enveloppe?

— Ce matin. Tu as fini ton déjeuner avant moi et tu es partie. Au moment où je montais faire ma valise, il m'a fait signe, discrètement.

— Et puis?

— Et puis c'est tout.

— De quoi il avait l'air?

— De rien.

J'ai gardé la lettre dans mes mains. Et j'ai regardé dehors jusqu'à la noirceur. Il peut y avoir tout dans l'enveloppe. Une explication, un adieu, des reproches, un dernier mot avant de...

Nous sommes arrivés à Montréal à vingt heures. Yves est venu me chercher. C'est gentil à lui.

Épilogue

Le mot de la fin
ou du début

Ma mère était contente de me voir arriver. Tout de suite, j'ai couru m'enfermer pour ouvrir l'enveloppe et je crois que ça l'a un peu insultée. Elle est insultée facilement, ma mère, mais je l'aime quand même.

Dans la lettre, il y avait un nom, une adresse, un numéro de téléphone. Les siens. Je me suis demandé s'il voulait que j'apprenne sa mort à ses parents. Puis Laurette s'est réveillée et je lui ai donné ses cadeaux. Elle est retournée se coucher avec.

Finalement, j'ai raconté le voyage à ma

mère et à Yves, intéressé à ce que je raconte, pour une fois. J'en ai sauté des bouts,
c'est évident, mais je leur ai tellement mis
ça beau que je suis certaine que ma mère
ne regrette pas de m'avoir payé le séjour.
Et en fin de compte, je dois dire que je l'ai
beaucoup aimé, ce voyage-là. Ensuite, j'ai
dormi comme une roche.

Je finis mes rôties au beurre d'arachide
et aux bananes et après, je vais laver mes
affaires à la «buanderette». J'ai réveillé
Laurent et je lui ai donné rendez-vous
là, dans 38 minutes. Ce sera la première
fois de ma vie que je vais adorer la «buanderette».

Fin

Table des matières

Achevé d'imprimer
sur les presses de Litho Acme Inc.